白鲸文丛

磨镜记

Notes of Mirror Grinding

伽蓝——著

上海教育出版社

感受力的转向和世界的诞生
——再论伽蓝的诗

伽蓝的诗是这两年最让我吃惊的阅读发现。去年读到他的诗集《加冕礼》，着实被震了一下，并为此写了一篇长文。这次读《磨镜记》，又一次被震到。被震到的原因有几个：首先是他写得如此出色；其次是如此出色的诗人居然几乎没发过诗；最后是如此出色居然还如此高产。这次读《磨镜记》让我对后面一点有了更深的体会。伽蓝去年出版的《加冕礼》主要收入其 2015—2019 年间的诗作，结结实实的一本。《磨镜记》收诗的时间范围和《加冕礼》差不多，又是结结实实的一本，而作品的质量并不亚于前集，精粹之作俯拾而是。从以上事实也可看出，诗对于伽蓝的意义与那些热衷于发表和获奖的诗人，完全不一样。对于伽蓝，诗完全是一个内在于生命的故事，无与利益，也无与任何外在的虚名。

20 世纪初，里尔克在《布里格随笔》中提出“诗是经验”。到 1933 年，本雅明《经验与贫乏》

一文指出现代人的经验贬值问题。不过一二十年间，里尔克的“诗的经验”说已经面临危机。按本氏的看法，在现代技术社会，除了天上的云彩，一切都变了。不但父辈的经验不再适用于我们，我们自己今天的经验也在不断否定昨天的经验，而明天的经验又急不可耐地要埋葬今天的经验。现代技术裹挟着现代人跌跌撞撞追赶时代进化的速度。我们不但和古老的文明失去了联系，也与未来失去了联系，而只能生活在转瞬即逝的当下，并因此迅速失去教养；同时也和有机的大地失去了联系，和一个更广大的世界失去了联系。为此，包括诗在内的现代艺术采取了从头开始、重新开始的策略。① 20 世纪的中国也在这个现代的大潮中，个人的经验难以构成艺术的稳定来源或基础。在中国当代诗人中，昌耀大概是个例外，他可说是 20 世纪下半期唯一一个通过对个人经验的强力处理而创造了一个完整的诗歌世界的中国诗人。而其他诗人采取的策略和与本雅明同时代的艺术家大体相同，他们“对时代完全不抱幻想，同时又毫无保留地认同这一时代”，遵从一种“创建全

① 参见本雅明《经验与贫乏》，百花文艺出版社 1999 年版，第 252—258 页。

新”的现代性审美规则，倾心于语言游戏，试图“超越文化而幸存”①。这也是现代主义诗人一两百年来的基本态度。

在伽蓝这里，我们发现了另一个例外，即他是另一个有意识地用自己的经验构造诗歌世界的诗人。而他的经验既与昨天的世界保持了联系，同时也不缺乏尖锐的现代体验。伽蓝写的是一种有教养的、有机的诗。首先，也是最令人瞩目的，它保持了和大地的有机联系。大地山河、四季循环、日出日落、阴晴雨雪总能引起诗人丰富的感受。实际上，伽蓝在门头沟山里生活了三十多年，目前也仍然生活在山的边上，并和山里的亲人、朋友保持着亲密的联系，对大地上的人的生活有深切的关心。他的诗和他对门头沟的“十万大山”的独特体验和发现分不开。其次，它也保持了和传统的密切联系。在伽蓝的诗里，我们可以看到中国古典诗的意趣、词汇，也可看到中国画的技法和语言。它对形象的捕捉是写意的，灵动而传神。当然，它同样和世界范围内的现代艺术保持了联系。最后，也是最重要的，

① 本雅明《经验与贫乏》，百花文艺出版社 1999 年版，第 254、258 页。

伽蓝的诗保持了和个人经验的有机联系。可以说,伽蓝笔下的每一行诗都得到了经验的担保,并以此凸显“真”对于诗的价值,同时又通过人和诗的一致,为这一“真”上了第二重保险。伽蓝自己说:“诗人的属性与诗歌的属性,具有同一性。也就是说,什么样的诗人将写出什么样的诗歌。人,即是诗歌本身;诗,即是人。”“伟大的诗人必须是诗与人的高度统一,不断统一,用尽整个生命与宇宙去统一。”“真,即是诗的黄金,也是诗的灵魂。”①这些主张,我看他在自己的写作中确是实行了。由是,在伽蓝的诗里,我们看到的抒情主体不是空心的稻草人,不是僵硬的机械人,也不是被操纵的木偶人,而是自我完全,拥有完整心灵的人。换句话说,伽蓝对经验的呈现并不是客观主义的,他以自己的心灵与经验搏斗,并把它转换为精神的:

盘旋在蓝色气流中
气体的鸥鸟平展翅翼
永远不能接近

---

① 伽蓝《诗歌与人》,见本书辑七。

鸣叫着,如此完美
与你同在
站在这里你如此完美

拥有一座固体与气体的大海
被安宁环绕着
被安宁搂在怀抱

——《在椴木沟口远眺》

到草原去,每平方米早晨
都有两颗跳动的星环绕
每寸空气都荡漾
草木清香……
……
你说一句话,土地就
屏息谛听;你挽住我的手
十亿露珠就会相爱

——《到草原去》

去生活,去爱;然后忘掉生活,忘掉爱
这之间不会有痛苦了
花开着自己的花,叶子眨着自己的叶子

没有开始，也没有离别

一切归入语言的混沌，天地初长成

——《山河还是旧山河》

有一种感觉

排山倒海凝为一滴水

澄澈，空明

我在里面轻轻坐着

我从里面轻轻走过

——《悬于虚空的一颗孤星》

这一类的例子在这本集子里不胜枚举。更多的例子，由于具有一种浑融的整体性，并不适合摘引，就只好请读者自己去诗集里慢慢欣赏了。从这些诗句里，我们看到生命表层的声色繁华、泡沫幻影被一层层滤尽，其基底和根部逐渐显现："终于穿透了时间的岩石/认出了自己是泉水"（《要想办法留住这首关于寻找的诗》）。这是自我辨认的时刻，也是"我"和"人"相认的时刻，用宗教语言说，就是与神相遇而燃烧的时刻。

伽蓝所呈现的自然既有平常的一面，也有其

奇异的一面。平常的一面是其山川草木、阴晴雨雪的表象，奇异的一面则是诗人的感受。诗人所描绘的自然景象都是常人日常可见的，并非只有少数人可遇可见的冰山大漠、大江大海的异景，但诗人不平凡的感受让这些平常的表象燃烧起来，成就不平凡的诗境。自然在我们的时代仍能被如此感受，本身就是一个奇迹。对于中国古人来说，天人合一的观念直接把人和自然统一于一个整体中，他们只要对自然加以客观的呈现，人也就在其中了；如果再加上心情的抒发，情境交融，那就是诗的高境界了。但对于现代人，自然是与他漠不相关的事物，他不关心自然，自然也不关心他。在这样的前提下，自然如何重新成为诗，成为心灵的统一体，对诗人的感受力是一个极大挑战。对于古人是自然的事，对我们却是一种创设，需要苦心的建构。伽蓝以全副心力回应了这一挑战。伽蓝的有利条件是，他比我们离自然更近，他的日常就被自然包围，被门头沟的大山包围；但是没有一种感受力的飞跃，没有一种建基于全部感性的、与自然的身心联系，这种创设的工作也不可能成功。对伽蓝，自然一开始同样是一种异己的存在。他说："到过门头沟区的人都被门头沟连绵不断的群山所震撼。但是,这些山对我造成的压抑感是无以复加的。尤其到了冬天,万木萧瑟,荒凉感袭来,全是穷山恶水。”但是有一天,他“从山外听课归来,望着陡峭的山影,竟然恍惚起来”,“荒凉的山影成了宋代的笔墨,枯涩的荆棘林立着勃勃生机”①。从原本巨大的荒凉中看出“勃勃生机”,这是伽蓝感受力的一次蜕变,也是其看待事物方式的巨变,更是精神上的蜕变。从这一天开始,伽蓝才真正拥有了这个大山的世界,这些大山也从压抑、负担变成了财富。这个大山的世界和伽蓝开始彼此拥有,他的诗从此有了自己的根系:

> 我知道自己的来历与去处
> 我知道,一瞬间意想
>
> 天开。有一种恍惚
> 一个人的存在给这世界带来精妙
> 不可言说。像雨
> 下了一夜,又下了一个早晨

——《远眺》

---

① 伽蓝《一个人的觉醒:创作自述》。

这首《远眺》写诗人于山中远眺，目及之处，白云幻变，以及那些“有着三长两短的青翠”和“七上八下的空明”的事物，都为“我”所爱，“我”由衷感到自己与所有这些事物有着相同的“来历和去处”，而有一种“意想天开”：“一个人的存在给这世界带来精妙/不可言说”。那不可言说的是什么呢？是人与事物、人与自然的共同命运，是人对这命运的感应和领悟。对人和自然共同命运的感应以及随之而来的寂然承担，也就是伽蓝的感受力的特殊之处和最值得我们珍惜的地方，因为它探触到了世界的秘密，也是时间的秘密：人、自然、时间的一体性。他说：“要相信你是天选之人。命中有火，有水/有融合万物的孤独的星辰”“去见证：你，唯一的，一个/单独的健全”（《一个人的觉醒》）。这个唯一的“单独的健全”可以说是一个理想的、融合了古典和现代文明质素的健全人格。正如我们在上述诗例中看到的，当这一人格和自然相接的时候，被激发出来的不是现代的焦虑和虚无，而是一种现代人久违的安宁、幸福和爱，昭示着一种健康的、沉着从容的气质和精神风度。由于这一感应和承担，一种新的命运诞生了，一个新的宇宙也随之诞生。一个破碎的世界因这一既古老又全新的感受力重新凝定为一个整体，一个独一、纯粹、纯一的世界。世界领悟了这种被领悟，用绵绵的雨表达了它的感激："像雨/下了一夜，又下了一个早晨"。向着这个纯一的世界，雨在说，在夜间和早晨不停地说；山间的草木、流水在说，头顶的星空和黑暗在说，四季在说；诗人也在说，在一首又一首诗里反复地说：说着一些失而复得的东西，那领悟的诗人和世界已经一起懂得的东西。

伽蓝对自然和乡村经验的沉迷和巧妙呈现让我们想到海子，但两者也有很大不同。海子在自然中到处看见自己，他的乡村经验还是局外人的观感。伽蓝笔下的自然是自然向我们袒露自身，他的乡村经验者则是切身的、劳作者的经验。山水、人民、时代的日常都成了伽蓝的养分。海子的笔下冲腾着欲望的烈火，在伽蓝笔下，欲望和生命已经和解。海子是猛烈的夏天，伽蓝是秋高气爽，一切已澄明。也许可以说，伽蓝是一个中年的海子？然而，海子如果活着，会写伽蓝这样的诗吗？答案却是可疑的，因为毕竟两人的心性不同。更重要的是，也许海子并没有探触到世界的基底，那个作为世界和宇宙结构基础的同一性。这不仅是方法的不同，而且是灵魂性的不同。

当然，也可料到一部分读者对这样的诗，其反应可能不是欣喜和惊奇，而是怀疑和责难。太浪漫了！太不现代了！太不真实了！我想到他们可能用到的语言。甚至会有人认为诗人的心智落后，还停留在农耕社会。这种责难与他们在20世纪80年代对海子的责难是一样的。实际上，我们对浮光掠影的过度迷恋已经不但使我们失去了辨认生命的根本形象的能力，也使我们失去了拥抱幸福的能力。那么，如果我告诉这些读者，诗人同样精通和熟悉现代人的虚无、焦虑和绝望，而且在他的诗中同样有入木三分的刻绘，他们会感到奇怪吗？看下面的诗：

……谎言像赞美诗
庄严，明亮，香气四溢
它带来太阳和平安的早餐
它带来身体的教堂

——《该隐的谎言》

没有信仰的孩子们
是一群可怕的人

他们有一张相同的脸
小身子里藏着假想的
笼子。他们正用小手
抚摸生锈的铁条
他们掰碎自己给人看
里面的忧伤。

——《没有信仰的孩子们》

整整一条街都有着死鱼的绝望
整整一条街。经过的人笑得很热烈
却没有自己的脸
整整一条街在荒诞剧里浸透了荒诞

——《晚课:关于新桥大街》

河边,两棵树
每一枝条
都用于尖叫
在黑暗中
……
每一枝条都疯掉

——《河边,两棵树的在与不在》

爱与生活都是一种绝望的诡辩

——《无事抄经致蔡程兄》

可见，伽蓝对于现代文明晦暗一面的体验，绝不低于以仇恨为大师的诗人们。事实上，由于诗人心性上的诚恳与自觉，这种体验的强度和深度只会有过之而无不及。那么，既然诗人感到"爱与生活都是一种绝望的诡辩"，为何又要在诗里表现那些"缥缈"的安宁、幸福和爱？这难道不是一种自相矛盾和不诚实吗？诗人所说的"真"体现在哪里？伽蓝说："我欲以所谓的情热证人生之伪"（《无事抄经致蔡程兄》）。就是说，诗人正是在以自己义无反顾的情热去反抗生活的"绝望的诡辩"。我认为伽蓝作为一个诗人的卓异之处恰恰体现于此。认识到现代经验的荒谬和虚无，对这一荒谬和虚无加以冷峻的揭示，当然是勇敢的行为。但是在现代主义运动持续百余年之后，这种揭示也变成了人云亦云的滥调。时至今日，我们更需要的是对这一荒谬和虚无的斗争，致力于重建经验的价值，重构生命的意义。当然，这一斗争于诗人并无胜算。诗人深知"热爱也会在大地上冷却/抽不出锋芒，只能绽放霜花"，他愿意接受失败的命运:“我接受了人世的羞辱/接受了命运,独和天地茫茫相与/我的身影,也只是一粒微尘”(《独和茫茫天地相与》)。在《情书一种》中,面对令人厌烦的政令和工业文明制造的虚假自然[“(雾霾)开窗/就送你有毒的吻/走在路上/就送你迷狂的拥抱”],“我”因“对你的爱慕”,而终能推开眼前的雾霾,眺望到三百年前的南山下:

……你的爱慕
在每个角落里
合乎情理,你的婉拒
也一样。最好的美
总在路上就快到达
或已站在门前
房子里每件器物
都回应着
黑暗的心跳

这是爱战胜平庸的现实的胜利。海子说:“诗歌以太阳必将胜利。”(海子《以梦为马》)这太阳就是爱。现代诗已经在否定的泥淖里陷没太久了,在恨的泥淖里陷没太久了。柏桦说:“仇恨出大师,爱只能使人软弱。……一个人真正的力量是出自恨,或者这样说,力量即恨;爱,怎么可能有力呢?”①这种现代迷信的目的大约是要激发感受力的强度,但它是生命的毒药。事实上,爱才是一切感受力的总驱动;其他一切感受力都借用爱的力量。柏桦完全说反了。仇恨是爱的反面,仇恨的力量完全借自爱。没有爱,恨根本就不会存在;恨是爱的腐败,因为腐败,它带着沼气的力量,也仅仅是沼气的力量。诗人们迷恋这沼气的力量太久了。

伽蓝的诗同样不缺少语言和想象的奇迹所带来的微妙乐趣。以下诗行大概可以展示伽蓝的想象和迷人感性的一斑:

……梦从梦的深处走来
能看见它闪烁的银指甲
能看见它渡河而不掀起浪花

——《给失眠者》

每首诗,一口深井

---

① 柏桦《白小集》卷五,安徽教育出版社 2018 年版,第 148 页。

看诗的都是投井的人

……

井说：当你抓住

摇荡的井绳

爬回人世，像从午夜

来到黎明的婚礼

——《题赠某某》

像端着一盆秋水

月亮从里面跳起来

——《秋分，我们谈情到午夜》

夜晚，来到一朵花上

一朵粉色露水

月亮在里面圆缺

——《怀远》

伽蓝有一首《乍暖还寒》，我在这里愿意特别提一下。这首诗写风：

（风）撞在墙上一片白

撞在水上嘭一声

撞着树干变成
眼冒金星的兔子
农夫
提着它的长耳朵
喜滋滋往家赶
它蹬一下腿
又蹬两下
路上的景物
绽开层层粉绿

风的变形记在这些诗行里是多么迷人啊。风撞在墙上变成眼冒金星的兔子,兔子可以被农夫捉住,农夫可以提着它的长耳朵,它还可以在农夫的手里蹬腿,一下、两下……这是我见过的最让人着迷的风了。事实上,在伽蓝的诗里,不但风可以变成兔子,人也可以和草木互换身子:"他们搁笔后的身影/变为庭中花木交换绿荫"(《在碑林听雨》)、"哼着斑斓的寂静。我们/有些小得意,纷纷拍响了/栏杆,也有些不记得/自己是谁。是一株板栗/一株曼陀罗,还是一面山坡的/当归,远志,独活?"(《在青山关》)。词语可以变古人,古人可以变鸟,在当代的天空中飞来飞去:"遂想起活在诗书中的古人/名叫:/欢谑,恨别,鹿柴,粉泪,巴山/江月……他们诗酒趁华年/互相碰碎平安/诉尽平生不平事,搁下酒杯/就是侠客,老头,隐者,青年/归人,幻影……纷纷生出翅膀/鸣叫着飞来飞去。”(《登西安古城墙后赋得》)其想象的活泼和身段之曼妙于此可见。语言的创造力和乐趣也可见于下面的诗行:

> 土地积累着青铜,一粒一粒野史淬火
> 模拟儿女情长
>
> ——《磨镜记》

> 三月,一匹马撞向四月
> 四把锤打着两柄剑
> 两柄矛盾论
> 折成一条小路,披荒草
>
> ——《黎明书简》

可见,伽蓝作为一个诗人的能力相当全面。他是艾略特所说的那种既说出了一些什么,同时又发明了新的说法的诗人。

门头沟的大山亘古以来一直是沉默的。它们

需要找到一个替它们发声的器官。它们找到了伽蓝。这是它们的幸运，也是伽蓝的幸运。一个读者，如果读过伽蓝的诗，再到那些荒凉的崇山里，他对那些山的看法大概就会不一样了吧。而那些山本身难道没有产生变化吗？因为一个中国诗人已经为它们发明了一个坛子：

它使凌乱的荒野
围着山峰排列。

于是荒野向坛子涌起，
匍匐在四周，再不荒莽。

——斯蒂文斯《坛子轶事》，赵毅衡译

我相信伽蓝的诗有这力量。说到底，它是文明的力量。诗是从文明的根上生长起来的。当代诗也许需要重新考虑它和文明的关系。

此前已为伽蓝的诗集《加冕礼》写过一篇长序，本来只打算为这个集子写个短序，但看来我已经写得不短了。该打住了。

西渡

2020 年 8 月

目录

辑一

山水

山居

日光清洁无为，鸟声
纺着时间的金线
早起的人心无旁骛
锄草，夜梦的悲凉
在脸颊上消融
头发，睫毛与瞳孔
秋光闪烁。这是
山区普通的早晨，像
失而复得的爱情
晴空浩荡，挥霍的青春
已再次归来

2015 年 10 月 4 日

沐风

风割在脸上就是割在脸上
风帮我刮胡子像割麦子
割完麦子,秋天就到了

风打透布衣,布上蝉鸣
僵硬,一个失去主义的响器
风埋它萦怀的余音于落照

拆墙壁,挠窗户,挤碎
小命儿深处的虱子
挤出它们偷走的血性

风,在穷人的骨缝里点灯
对穷毫无办法
举起刀装样子,手起刀落

不知谁的脑袋乱滚

不知谁替谁拍巴掌

拍出了莫须有的眼泪

2016 年 10 月 4 日

该隐的谎言

空气也在说谎。谎言像赞美诗
庄严,明亮,香气四溢
它带来太阳和平安的早餐
它带来身体的教堂

为装饰它,我们长成彩色玻璃
为装饰它,定下规矩
为装饰它,改变眼睛和味蕾
改变语言,颂念它所喜爱的

正像一艘轮船
屈服于惊涛骇浪
有的是铁椅子和伸向黑暗的梯子
有的是长嘴巴的灯和美妙节拍

我们,我,终将变成一只老鼠
在婚宴与墓地上游荡

并继承这遗产

让它占领肺，血液和翅翼

2016年10月11日

税

老爹说,连死都成为它的工具
出生老病也是
衣食住行也是
快乐悲凉也是。该好好管理自己的情绪
所有的一切也是
它觊觎你所拥有的和想要拥有的
从皮肤里拿走昏睡的灯
藏在乌鸦的诤言里也没用
为了生存,不得不
抵押一切肉身。那么
到底在建造什么?
组装语言,组装空气,组装血肉
组装你的趣味与性欲
组装你的历史与日月星辰
但这些也是工具
像税,很有礼貌
它们,摇着永远都装不满的筛子

2016 年 10 月 11 日

白夜

不知谁喊了一声
整幢楼的人都伸长了脖子
像从笼子缝隙探出头的鸡鸭鹅
我能听见它们的噪呱
乱糟糟修补一张破网

但是,大路上
没有人抬起头
像蒙着眼奔跑的瞎马
沉入自我的
黑。仿佛,无物存在

2016 年 10 月 17 日

武松的悔悟

不可能像一把刀那样
呼吸,做一块无情的铁
打发每个人的善恶
我做不到。多少年了
我只是在手起刀落的瞬息
心头一紧,摸一下脖子
还好。还可以
替那些错杀的冤魂活下去

2016 年 10 月 21 日

山间长跑

维生素。水。牛肉干。以及八种预热
解开发令枪的咳嗽

……我们开始奔跑:像鹤,像獾,像熊
像鹿,像山羊,像野马

跑过蓟草、蒲公英和萱草
榛丛,刺棘和野玫瑰,跑过橡树和桦树

我们奔跑的姿态非常优雅
我们在赶时间,时间在鞋尖上变慢

凝聚露珠。这个上午,将吐净
肿胀的夜晚和白天,肌肉的噩梦与酸痛

多么美好! 每一座山都迎面跑来
带着无以言说的喜悦

越过边界，我们踩着它们弓起的背脊
轻轻跑回自己的身体

多待一会儿。试着甩掉一切
只留下奔跑，奔驰，奔腾

像刮过一阵风，刮碎犹疑不定的人生
刮过九龙洼，狮子头

二郎山，黄草梁……刮过秋岭云横，落木萧瑟
穿着自由牌运动鞋

我们跑着，去赢回输掉的岁月。向左，向右
上山，下坡；针叶林，阔叶林……

2016 年 10 月 21 日

生肖谱

左边的先生多优雅
眼镜,西服,蝴蝶结
一双蹄子搁在餐桌上
旁边的女士,敷着
厚厚雪花霜,毛茸茸尾巴
藏在长裙里。那位
戴手套抽烟的老头儿
山羊胡子一大把
旋转门前游戏的孩子
嬉笑时露出两排尖牙
咖啡杯后的情侣
温柔的爪子
搭在对方的椅背上
……就是他们掌管
别人的生老病死
七情六欲。看那模样儿
好似七重地狱。看
鼻息干虹霓,他们

耍起魔术多得意

讳莫如深，眼波微启

寒光现。但此刻是

午休时间。午休时间

老爷，太太，先生，小姐

……就让小的喘口气

喝掉这杯凉茶吧

2016 年 10 月 22 日

在家政练习室

每个孩子脑袋里都有
字迹模糊的墙壁
锈迹斑驳的栅栏
圈住豆芽般的马驹子

孩子们练习说话
沏茶倒水招呼客人
练习分发餐具
再逐一收回来

他们难以控制自己
舌头,手,情绪或别的
他们活得这样艰难
以后会更难。但自己并不知道

我们:微笑,看,感觉
有时试着说些什么
我们已经这样完整这样好

衬着他们变形的暗影

当我们要离开
再见,他们说。再见,我们说
我们走回自己的世界
像没来过一样

让他们继续留在那儿
让他们留在那儿,但愿

2016 年 10 月 24 日

远方

远方的人拥有安睡的大山
山上堆着雪

他在雪上走
雪在脚下闪烁,被风扬起

风割在脸上
世态炎凉

看不清什么
当他背过身吸一支烟而手在发抖

眼底显影几帧图画
与雪、镜泊湖和长白山无关

一盏灯点亮的房间
在梦幻海浪上颠簸,颠簸

……拥有的静穆渗透此刻
筛匀肉体的叹息

针叶林低下去,低下去
石头和石头砥住正在崩裂的天空

2016 年 11 月 4 日

一人独行必有悲秋

走在街上遇见三个人
有两个坏人
在单位一样,家里也一样

大家很美丽
食物在变糟
心坏了,身体更坏

走在街上遇见三个人
第一父亲,第二母亲
第三孩子

哪一个更坏,哪一个
欲坏还好
哪一个完好无损

几块铁几件瓷器
各自走着

被危机打磨出光亮

当他们围着桌子
最后晚餐
烛光摇曳,心事重重

外面在下雨
雨下在雨的里面和外面
外面的雨伞走得很快

每个人心头都有一盏灯
一座房子。当他
在五金店的廊檐下伸手

雨舔着手背,手心
就要变成雪
风吹灭路边的树

2016 年 11 月 6 日

新年贺信

乌鸦,回到哇哇大叫的黑
新石器走回旧石器

我们是什么,从铁中挣脱
到达另一块铁,无声无色

嗫嚅也在生锈
枯燥、腥,茫无际涯

熟知的一切满是窟窿
有时会透着吊死的灯光

2017 年 1 月 6 日

在夜晚

脱掉衣服,感觉更接近神灵
至少,更接近
略显浮肿的古希腊

在镜中发光的身体,有着
让人困惑的形貌
一个谜,躲进纸篓

被黑暗轻轻抱住
只剩一抹呼吸,就像
一个无家可归的鬼魂

孱弱,无助
当他伸手拧亮一盏梦中的灯
丢失的现实就会回来

2017年2月5日

凝视

你知道自己是一头奇怪的牛
褪去御寒的毛
摘掉进攻的角，连鼻子也只剩
一个小肉疙瘩
最不解的，只用两条后腿走路
前腿耷拉在体侧

有一阵子，似乎想从身体里冲出来
一探究竟
见世界不为所动
又低头吃草。黑得发亮的皮毛
让你看起来
像一道嗡嗡作响的阴影

2017 年 2 月 17 日

在椴木沟口远眺

褐色波浪撞碎了遥远
但你听不见水声
但你听不见当你不想去听

盘旋在蓝色气流中
气体的鸥鸟平展翅翼
永远不能接近

鸣叫着，如此完美
与你同在
站在这里你如此完美

拥有一座固体与气体的大海
被安宁环绕着
被安宁搂在怀抱

2017 年 2 月 17 日

将进山

下苇店转弯去黄土台的山路
零雪飘落。零鸟之鸣。倒灌的风。

穿过它们,我想
写个句子:什么也写不出
因为离家近了

背风的旮旯
围红头巾看山的妇女拢袖
蜷着,一闪即逝

经过出生的小村子
行注目礼却并未停留,我们
早已永远互弃。而

时间到了,杏花会开
白头过客就会变回归人

2017 年 2 月 21 日

一群人正在赴死

下雪了。一群人正在赴死
你看不清他们的脸
你能感觉他们的结晶之白
无声飘落。这是一场
死亡集会上万众瞩目的演讲
死亡很轻,甚或
一向如此。死亡是六角形的顿悟
但每个六角形并不相同
这是死神在与自己碰杯
碰碎了一条飞上天空的河流
下雪的时候,一群人
匆匆走在河流里面
并没感觉到什么。没感觉到
四处飞舞的浪花
没感觉身子又软又滑
正在滑入一场无声的告别
……然后,一个死去的人

动了动手指，像空难幸存者

在一滴水中醒过来

2017 年 2 月 23 日

没有信仰的孩子们

没有信仰的孩子们
是一群可怕的人
他们有一张相同的脸
小身子里藏着假想的
笼子。他们正用小手
抚摸生锈的铁条
他们掰碎自己给人看
里面的忧伤。但他们
还不懂忧伤,他们预感
到什么,然后不再
拥有感觉。像父辈们一样
塌陷,扬起尘土
眼睛里住满了晚年
当他们被表扬才想起
自己只是个孩子
贪玩,疲倦,还不能
对付复杂的现实

2017 年 2 月 24 日

对面

面对喜欢的事物
像你在岸边看流水
有风吹皱了河面
却什么也不必说
堤岸是长长的堤岸
在转弯处转弯
想要绿荫时就分开
两行柳,慢慢挽住
枯燥的天气
你在岸边来来回回
影子在水里跟着
与你一起老去。这样
已经很好。有时
荷花会开几朵,有时
会有一群水鸟掠过

2017 年 2 月 24 日

如是我闻

几乎,要检验洒落的每一滴泪
病的太阳
四处游荡的大海

在每个舌头盖上合格
非礼勿言
咽掉积累到屋顶的月光

独处的时候,我还是会写诗
将自己与奴役的时辰隔开

或在虚构的善意中散步
穿过带来蓝色斑纹的寂寥

春夜,想与你共饮。想听
窗前胆怯的溪水
读没有寄出的长信

理解布谷的空鸣
试着忘却,这场严肃的灾难
试着表达全部自己

而这些将不再安全
梅花已开成桃花、玉兰
装饰栅栏的锈和厌倦

我的心悄悄隆起坟茔
丛生杂草

2017 年 3 月 5 日

黎明书简

守夜人多半条黑色的命
但他不能说话
开灯，关灯
雨舔着空气的腥

三月，一匹马撞向四月
四把锤打着两柄剑
两柄矛盾论
折成一条小路，披荒草

也该洗洗睡了
盖上醒着的旧梦
一个挖煤块的窑黑子
拖曳吱呀呀的黑暗

巷道总是坏心肠
——弓背，破坏一小块地球
昨天喝过的酒

都像天空迸溅的眼药水

在哪儿签名
草地上到处电子眼
冷冷地看
料峭的春寒扑打早晨的左脸

肿了,把开裂的黄昏也给它
摇摇身体里的钟
睁开一只铜月亮
闭上一只蜡烛头

拍几帧微电影给自己看
走路时靴子很好
轻便,不离不弃,山水低沉
一下子走过所有时代

还要干什么,够本
只是夏夜不好过
微观的猛虎突然跳出来
叼你走二里路才会放下

2017 年 3 月 25 日

山民卖马

很低的价钱，就把马
卖掉了。小马驹也一起卖了
卖马之前家里人
从西大洼把马牵回来
跟马合影。上高中的侄儿
还搂着白马的脖子
他是在马背上长大的
数钱的时候，大哥鼻子一酸
大嫂心里也难受
总像卖掉了自己的亲人
可又不是饥荒年代
马贩子倒挺高兴，那天的太阳
是他一个人的。他牵着马
出了院门，转弯，爬水泥路
到柏油路停着的卡车背上
才收了蹄声。这是
它们最后一次走过这段路
其中一匹还咴咴地叫了一声

像告别。七十岁的老父亲
独自回屋,掩上身后的木门。院里
只剩一座空空的马厩,不久
马厩也要被拆除,圈马的栅栏
倒还能当柴烧……

2017 年 4 月 1 日

大哥说马

大哥不想说马。马都卖掉了
说什么也迟了。但是,喝茶的时候
他还是说起马来。少一份辛苦
也少了一份收入。大哥说马的时候
我一杯接一杯喝茶,脑袋里的
白桦林赤裸裸站着,有几匹马
吐着白气,又一次悄悄穿过
积雪的寂静。大哥说了一会儿
就不说了,他也喝茶
而我听见有几匹马在他心里
嗒嗒地走着,不时转头瞭他一眼

2017 年 4 月 1 日

山民望山

有风从白桦林红色的枝梢
跑过去了。有风拍打着东边的草坡
老父亲巡山的时候
不由自主地瞭了瞭西大洼
阳光很轻快地暖着那儿
有风跑过白桦林红色的枝梢

2017 年 4 月 1 日

情书一种

对你的爱慕
是淡淡的雾霾
政令已足够
使人厌烦
现在又多一份
讨厌。开窗
就送你有毒的吻
走在路上
就送你迷狂的拥抱
你驻足赏花，我
就把镜头推远
推过三百年前的
南山。你的爱慕
在每个角落里
合乎情理，你的婉拒
也一样。最好的美
总在路上就快到达
或已站在门前

房子里每件器物

都回应着

黑暗的心跳

2017 年 4 月 13 日

自叙帖

写诗的人有足够多的寂寞
扫地,擦桌子
把盆花搬来移去。写诗的人
也足够多,这些
没有户籍的游子
在纸上寻找星斗其文的故国
但要一辈子
在物质中间晃荡,但要
让影子也涌出无声的海浪
舔着眼睛的堤坝与
每一粒沙。写得越久
就越像一个呆子
在春天的马厩里,越像读到
春信的最后一行
见字如面
一阵云探出头来看看
一阵云挤着另一阵
突然,从高耸的穹顶

驰过钢铁的马群

在晴明的早晨用力闪耀

2017 年 4 月 14 日

乍暖还寒

风,也偶尔
秀秀肌肉
三角肌和肱二头肌
腹肌也有六块
阳光跟着它
撞在墙上一片白
撞在水上嘭一声
撞着树干变成
眼冒金星的兔子
农夫
提着它的长耳朵
喜滋滋往家赶
它蹬一下腿
又蹬两下
路上的景物
绽开层层粉绿

2017 年 4 月 19 日

山水

飞花鸣叫最初的夏天
于线装之山野林泉
于线装的小路

飞花秘密的心脏
埋着一只蓝色小钟
管理远处的流水

流水绕膝而歌而泣
流水是小梅花鹿
跑过山影阵阵

跑过绿色荡漾的轻曼
人世有涯
山水无尽

我必与你相期
地远天阔的极目

2017 年 5 月 6 日

风暴

美好酿成风暴
正义测量偏执
热烈挥霍青春

风暴眼盘旋而起
刮来十万鹰隼
啄食佛陀的肉身

不畏不惧不得已
蝼蚁向上攀爬
悲悯,向下坠落

我愿永居风暴中心
爱你如永诀
与万物惺惺相惜

2017年5月18日

藕

一节一节黑暗一节一节
铺开满池碧绿
每颗露都是滚动的眼睛
一节一节
寂静,吐出一朵又一朵荷花
蜻蜓飞过,翠鸟飞过
一节一节被挖出来一节一节
断肢,断肢
划船的人有些喜悦
断肢越码越高
有情人的断肢
在市场待价而沽
一节一节断肢一节一节
削皮、切片、蒸煮
断肢,每片都有一圈空心
每片都有一种脆生生的倔强
煮烂了,仍有银丝
钩沉理不清的心事

2017 年 5 月 27 日

纸牌秘戏

他的手微抖，一张红桃 A 的寂静
是否能挑起这个下午美好的开局
而她的勇敢黑心
有些犹豫，孤注一掷
用孤峰压住红艳的张狂，接下来
蒙着眼按宿命出牌
另外的四人
在观望，在叫嚣，笑里藏刀，诱捕
一个来自苏格兰的杀手梅花老 K
它的大胡子与冷峻眼神，曾让
少女尖叫。而现在，他只是
这午时欢宴中下酒的佐料
血腥总让人失去理性
他猜着她的怯懦，慢慢亮出王牌
而手中子民贫弱散漫
找一个恰当的机会溜走，再找
下一个机会，只要占得先机，诱敌深入
一阵按捺不住的狂躁

摧毁了对方的防御
他的马刀杀得畅快,一串小夫妻的
集体婚礼,被封建老爹搅乱
自由受害于束缚。但是,老爹
也只是穿新鞋走老路
他的士兵养尊处优,不惯夜战
被青铜骑士斩杀。混战中
小三一马当先,破尘而出,拿下
第一场胜利……这不是
简单的牌戏,而是男人诡计
与女人的阴谋角力,民主与独裁相狎
孙子兵法的练习场上没有硝烟的歼灭战
在和平年代,他们尽情挥霍潜藏的
战争天赋,有输有赢,打发掉
几个昏然的正午。最后,他们
全都输了。他输了假牙和眼珠
而她们输掉了残余的春色。
藏身于一种平庸的愉悦,他们研究
战略,战术与哲学思想。现在
他的手已不再抖。而她
出牌老辣,不动声色,如一匹兽
敛气屏息,在绝佳处扑向对手

毫无怜悯,一击致命,并因此
得到杀手的尊严与强者的光荣
弱者不会得到同情,因为
愚蠢犯错,只能卑微地打扫战场
等战争再次发生。而他憋着一股怨气
是的,他听到了强大的希腊
潮水一样退去,代号 107 的木马
被运进特洛伊的铜墙铁壁

2015 年 4 月 26 日

辑二

与己书

什么事物被遗留在两个身影中间

多么脆弱啊,露水里的风光一碰即碎
天地倾覆于一次叹息
各自转身而去再不回头
什么事物被遗留在两个身影中间
就这样愈走愈远
各自摇落夏天的太阳
仿佛尚未相识,仿佛就要重逢

2017 年 5 月 28 日

独和茫茫天地相与

热爱所热爱的,我这个
潦草的中年人仍然这样潦草
仍然这样无所畏惧
在激动时仍然想骂人
在幸福时也一样:去他的幸福
热爱也会在大地上冷却
抽不出锋芒,只能绽放霜花
我接受了人世的羞辱
接受了命运,独和茫茫天地相与
我的身影,也只是一粒微尘

2017年6月1日

山中逢雨留宿牛站村与挚友作彻夜长谈

雨点敲打铁皮的声音稀稀落落

凌晨两点四十五分

凉意爬上皮肤

五月将尽时节，莴苣和莜麦菜

韭菜、青葱与紫苏

樱桃、草莓、枸杞，杏树与山楂树

……吸着土地的戾气

吐出内心的清芬。雨点一粒一粒

击打混茫的沉默

只有少数能命令铁发出反击

总是这样。雨滴纷纷

坠入绵长与松散的时间

像体味五味杂陈的错谬

始于曦光下临

终于白昼深邃，但不久

忘记在后面追赶，到天明失去一半

上午就失去全部。若放下

轻易，我们早就会放下

我们,透过幽暗的窗子

看天空

陷入等待的枯燥。雨点

击响铁皮的声音

此起彼伏,是真相

暂时摆脱了虚空

我们,在牛战都谈了些什么

2017 年 5 月 29 日

远眺

抬头，气流正捏造白云于山峰之下
鸟又要叫一整天的忧愁
因为雨，它们飞入每一滴露水
然后抖落更小的水珠

我所爱的事物也一样
有着三长两短的青翠
七上八下的空明，有着
孤鸦穿过北方的阴郁，和耐心

抬头望远，随气赋形
我知道自己的来历与去处
我知道，一瞬间意想

天开。有一种恍惚
一个人的存在给这世界带来的精妙
不可言说。像雨
下了一夜，又下了一个早晨

2017 年 5 月 30 日

在碑林听雨

在碑林，汉字如雨
打上少年肩膀，中年人暗生的白发
王羲之，颜鲁公，李隆基
黄山谷……文人，帝王与平民
把平生得意的清丽、端庄、豪放
置于同一厅堂。他们搁笔后的身影
变为庭中花木交换绿荫
时空了无，身份失效。只有抚摸碑身时
墨痕变幻万端，只有
喟叹发自二王，又在颜柳欧赵的心头
漾开层层波纹。赶着
去看去听去闻，那声那光那色
游目骋怀，幽思难表而
游弋于茫茫无涯。我错乱的神经
沐着阵阵跳来跳去的芬芳
我错乱，故我是这些石头的一分子
故我也化为一阵雨
慢慢流着所有动人心魄的曲折

2017 年 6 月 3 日

登西安古城墙后赋得

城春草木高过无数人头

在城头遥望的人,更高一些

丁酉年爬上灰暗的城楼

遂想起活在诗书中的古人

名叫:

欢谑,恨别,鹿柴,粉泪,巴山

江月……他们诗酒趁华年

互相碰碎平安

诉尽平生不平事,搁下酒杯

就是侠客,老头,隐者,青年

归人,幻影……纷纷生出翅膀

鸣叫着飞来飞去。午时的日光忽快忽慢

信步其间,四面遥看

无非一丛高楼一丛碧色,各各相宜

无非梁思成的眼泪

还在一千里外皇都的小胡同里飘洒

无非历史的冷雨

在眼底化为万种柔情

挑亮红灯，把人世细作端详

2017 年 6 月 3 日

去做一粒向上飞翔的雨水

雨水遇见叶子歌唱，遇见钢铁哀泣
遇见泥土躲进去。雨水遇见雨水
拧成一根根奔跑的绳索，绑缚活在低处的事物

雨水似乎并不懂得惊惧。当它们从云端
跳下来，像从高处跳下的现代人
以最后的飞翔宣布：生活凋敝，世界已死

雨水死于前仆后继的心碎
汇成的激流。雨水在合适的时空弯曲
下跪，逃逸。雨水的个体小于这场空难

并归于野兽的本能。于是，雨所做的一切
都是理所当然。于是，若有一粒雨
逆风向上飞翔，将引起整座天空的愤怒

不幸的是，还有那么多雨水

倒着向天空飞翔，它们试着摆脱重力

而我，仅仅是其中一个温和的同类

2017 年 6 月 5 日

山河还是旧山河

去生活，去爱；然后忘掉生活，忘掉爱

这之间不会有痛苦了

花开着自己的花，叶子眨着自己的叶子

没有开始，也没有离别

一切归入语言的混沌，天地初长成

2017年6月7日

送你一枝梨花带雨

春日在东山,没什么值得骄傲
除了梨花织出的早晨
浮在山坡上

一片可以攥出雨水的山坡
一把可以攥出星星的泥土

我从梨树下走过
像再次经过洁白的青春

有些忧伤
我不知道为什么这样

也许我梦见秋天
梨子在高处摇晃香甜可口
运梨的车马就等在外面

也许只是此刻我看见

它们白色火焰像霞光
正轻轻熄灭

春日来到东山,像个孩子
写下秋天的诗:
爱,怀念与离别

春日的孟悟村一声不响
被东山抱在怀里
梨花洁白,连成迷离的安慰

但是雨呀,古典的雨
正从亚洲深处扶摇而来
摇落无数这样的早晨

2017 年 6 月 7 日

我不知道风在哪个方向吹

见你轻轻避开
雨,避开一棵树
走近
前边的红草地
花儿打开
折叠的香气

但这些与明天无关
黑暗换了一副白手套
更黑暗
我见你在笑
有些勉强,有些美

树在悄悄落叶子
叶子藏起的鸟
飞走了
夜晚沉入一口枯井

无梦说着你的名字

无一样轻的双唇

没有词语

适合告别,没有

我欲从时间的断肠里

取出一个黎明

小心翼翼,有点艰难

2017 年 6 月 8 日

穿过火焰的乌鸦难得沉醉天籁

今天,看见一些拧紧发条的人
它们卷曲的心
慢慢松开,哲学与主义嗒嗒作响
葵花在额头开了
朝向迷幻灯光,每一朵都十全十美
像镜头一样专注,拍拍掌中山河
发出阵阵惊叹。多么好的时辰
把自己放入角色
把茶叶放入玻璃又注入沸水
我差点儿就相信了,也激动如大海
有那么一刻,它们如痴如醉
空气也融为赞歌
而我站在门口抽了一支烟
我站在门口松了松体内的故事

2017 年 6 月 8 日

我看见鲸群从天空游过

我看见鲸群从天空游过
我看见它们
喷水,翻腾,那样缓慢,悠然
并不着急去远方
我看见它们互相呼唤,顾盼
璀璨的星空落入眼底
早晨,太阳又从眼中升起
天文望远镜遥看的一千年里
它们缓缓喷水,翻腾,顾盼
庞大身躯激动着永不落下的水花
它们有永恒的悲欢

2017 年 6 月 10 日

绿,也绿到了绿的尽头

一滴水有弧形的绿,窗子的绿中规中矩
水底的绿在水草中摇匀寂静
空气也是一种透明的绿,你的肺,你的血
你的心跳

绿色钟声像一座哥特式教堂
爬满常青藤的叶子
绿！缓缓穿过时间的亚洲虎,每一步都很轻

目光炯炯,有些饥饿
我们就生活在它宽阔的胃疼里
胃疼能拧出水来

一只一只在角落里,张望

2017 年 6 月 10 日

爱恨情仇皆落灰,唯有诗书万古传

它来到人间
借你的手写字
你的身体,你的心也是器皿
盛满低语

它说:站在地狱的屋顶去歌唱
所有的向日葵都站了起来
把脸朝向
圣洁的早晨,热烈的中午,谦逊的黄昏

它让每滴水都见证自己,大海涌起万盏星辰
它说,去爱!人们就去真心相爱——

2017 年 6 月 10 日

诗误余生亦可通神

唯一可倾诉幽怀的，诗
唯一可存身取暖的，诗
唯一不离不弃的，诗
诗来，诗去
中间隔着万水千山的相看

没事的时候，就来
诗中小坐片刻：
几盆花，半池水，一盏茶
若恰逢微雨黄昏，该有独处的妙趣
只是，你何来如此洒脱

2017 年 6 月 10 日

我不得不去做一个和尚

杀你的可能是爱人
埋你的可能是仇人
多么奇妙,世上的因果
哲学也无法解释
那么,你放下了吗
关于是非对错
仍去做江河中一粒
扑向星辰的泥沙
被那幻景轻轻抱着
一刹也是永远

2017 年 6 月 10 日

给遥远、无期与东方的雨

雨是宽的,草原一巴掌
雨就下在每一个地方

忘却的左眼下雨
右眼却在放晴为怀念

昨夜做了许久的梦
梦里没有遇见你

梦中得了几百把钥匙
一个男孩引我去面壁

没有一面墙能打开
花纷纷落下了好颜色呀

白天像白马带我远行
我在马背上回了三次头

2017 年 6 月 11 日

悬于虚空的一颗孤星

对面小教堂的灯灭了
河水沉入更深的昏暗
刺目的路灯
探入河底也没有用
掘尽河底泥沙也没有用
河水就是昏暗自身
在昏暗中悄悄流动
搬运两岸的风景
只在河边坐一会儿
就融入了昏暗
现实,倒叙一页一页
苦笑的蛙声
滑过缠绕的水面
花脚蚊子偷偷
在皮肤里种着星星
但这卑微里另一座教堂
整夜亮着,血在唱
无声的苍凉也唱

有一种感觉

排山倒海凝为一滴水

澄澈,空明

我在里面轻轻坐着

我从里面轻轻走过

2017 年 6 月 11 日

河边，两棵树的在与不在

河边，两棵树
每一枝条
都用于尖叫
在黑暗中

黑，黑暗的
河水奔流
每一滴都听见
尖尖的回声

像一根根刺
在喉咙里竖起
痛苦
一阵石头的咕哝

听不清说什么
再也没人去听
河岸，崩成泥沙

没有灯还去等待

我想了许久

我想了许久

每一枝条都疯掉

每一枝条,都疯掉

2017 年 6 月 11 日

这个杀手不太冷

把诗与生活分开
就是把血和肉分开
这难不倒杀猪人
他一把尖刀
对捆好的猪
轻轻一点心跳
鲜血就哗哗流出来
嚎叫就一声声低下去
放光血的猪身
会在沸腾的大铁锅里
完全松弛下来
不带一点力量
任人摆布,切割
售卖,食用,丢弃
总有一把这样的快刀
拿在不同的手上
东戳一下,西戳一下

把爱与死

也这样轻轻分开

2017 年 6 月 12 日

要想办法留住这首关于寻找的诗

从天空，大地，花木
辨认我自己
从露水，石头，风
辨认我自己
从万物的本源与属性
辨认我自己
从感觉从思想从无
辨认我自己
从你的心，你的面孔
你的身体与才华
辨认我自己
终于穿透了时间的岩石
认出了自己是泉水
却又并不久存
所以，我召唤了火焰
所以，我涌动绿色波浪
所以你感觉可怕的热烈
……你，就是我自己

这首关于寻找的诗

像一条狗跟着我们

走过花,走过石头

走过另一条狗

这首关于寻找的诗

早晚会把我们

丢在孤独中,因为痛苦

我们不再去寻找

于是,上面的文字

就会褪色,消散

2017 年 6 月 12 日

丁酉年夏楚王梦雨

梦里的雨是洒下的银光
落地有羽毛的微响

花也开得仔细
河水也流得轻悄，缓缓

吐露心事。你在四面八方坐着
每个方向都让人心动

具体，美。时间宽阔
足够容纳两个人的余生

所有的话都成为语言
沉默变出金子

你是一只孔雀，带来木伞
我是楚王，要同你涉水而去

2017 年 6 月 13 日

就这样度过多少晨昏

刀,回到架上瞌睡
案板里木纹轻轻荡漾
江湖豪客金盆洗手
恐惧的阴云还在雨中回响
哪一个承受更多
哪一个更少
杀手,有一张不朽的脸
映着日光月光灯光
被害者也换了身体
赴其他的约会
此时,案板忽然忆起深山
长长的枝条碰着溪水
那时多么年轻
没有伤口,还不懂得疼
还不知道自己就是
长方体的地狱
在风中唱着,寸寸好时光

2017 年 6 月 13 日

夏天比夏天本身更美

见所爱者如晴空一样明澈亦欣然
万物亦可喜可爱可钟情
去吧,去吧
我仍是一条溪水逶迤东向
轻轻碰醒你的樱唇,夏天已经很美

2017 年 6 月 15 日

脏老头儿

一个人徘徊
在夜市
他想卖掉自己
换一颗星

四十年的日子
仍像一个日子
一张旧纸上
只写着一个名字

卖拖鞋的
卖工艺品的
卖金鱼的
每一样都好生意

走过水果蔬菜
走过衣服棉布
他不能断定价值
一个人怎样卖自己

先卖掉思想
不知道怎么开口
先卖掉力气
但这里有的是力气

卖一颗心呀
有没有人要
我只想换一颗星
这样就不会疼

老年人不买
他们看透了人生
中年人不买
这心也不新鲜

少年也不买
他们过于骄傲
孩子的心是金子
比这心更珍贵

他叫卖了一遭
无人理睬
坐在石头上

灰心丧气

集市悄悄散开
夜色更深了
他还坐在那儿
抱着脑袋

我要买你的心
一个脏老头儿拍他的肩
但我没有钱
只有一只空口袋

我可以拿走它
但你不会再有心了
不会疼，也不会有感觉
我可以替你受苦

他看看方才热闹的集市
只剩零散的垃圾
他的心隐隐作痛
额头上冒着细小的汗珠

好吧，好吧

拿走,结束这痛苦
老人麻利地动了刀子
他的胸膛瞬间空了

他的心,在老人手上
闪闪发光
照彻空荡荡的夜
他的心是一颗星

老头儿转身就不见了
只剩下他自己
空荡荡的身体
像一只倒光金子的口袋

多少年后,他提着口袋
在街上走,谁都知道
这个脏老头儿
卖掉了自己的心

2017 年 6 月 13 日

最后的六月

葬仪。这尘世给予
最后的庄严
他不再知道
感情织出回风之旋涡
他不再知道
整座天空挤出一个微笑
一片哭鸦
整座洒落雨水的天空
云走在梦里
马走在路上
他又一次把羊群
赶上山坡。黎明
刚好照耀一丛
喝饱了寂静的银莲花

2017 年 6 月 28 日

雨浇墓

雨水,吧嗒吧嗒
哭声托住棺材西去
抬着一把熄灭的病骨
抬棺者每一步摇晃
都将棺材移向高处
高于白桦树,高于沙棘丛
高于九龙洼半山腰的
瑞香狼毒与鹿含草
黄土落下一个人去长眠
黄土落下鸟鸣
叫醒了又一个早晨
雨水也来得急
三言两语就把送行的人
赶回山下的尘世

2017 年 6 月 28 日

给过去,现在,将来

每阵风,都在摇晃树林

每棵树都在挥手

每个人从树下走过

都感觉离别

吹在脸上,身上和手上

每个人都正从过去出来

变成另一个,下一个——

将蝉蜕

一次次脱在路上

2017 年 6 月 27 日

我也是黑夜留在大地的孤儿

每个诗人都是黑夜的孤儿
独自来到这里
在旷远中写诗
天上就多一颗孤星
大地是孤儿院
天空就是星星的孤儿院
当诗人遥望星空
总有一颗与他相应
总有一颗愿意
做他的心
不管怎样的轨道
还剩多少的行程
每个诗人都在攀登
伸向天空的梯子
越爬越高
所见越来越小
空气也稀薄为一种
不可抗拒的凶险

2017 年 6 月 26 日

那天黄昏十里不同天

下雨的时候是下午
我扶一株银杏回到古代
一望无边的绿
捧着水珠沾沾自喜

照常发了微信
在一匹快马的眼中
十个世纪
你会在另一匹马眼里收到

你回信说:房山没雨
在陪孩子,用紫苏叶子喂鸡
这中间隔着多少江山

照常,身边的雨
落地生根,长出一片麦子
弯下腰就剩下月亮与秋天

2017年6月26日

之乎者也,噫吁兮呜呼哀哉

对事物的看法
大略与一枝刺棘对等

一把镰刀
一根暴戾的木棒
跳过来改变时间

像生活在《齐物论》里
鼓盆的庄子
——而空气越来越像

走出图书馆的老聃
函谷关在望
扛着一头青牛蹒跚而行

2017 年 7 月 5 日

与己书

可以禁欲，却无法禁止思想
整座星空都在
旋转，你的栅栏还管用吗

世界不在乎你
也不在乎别人，它任性
只有自己决定

只有我自己。没有目的
写诗，又删掉
换取两片安定

和鸣叫的早晨一样
从黑暗底片
显影，又一次来寻找
收获美好与失败

但一棵树突然贝多芬

演奏命运

空气中无数扇门

自己开、闭、开

2017 年 7 月 6 日

赞美

对浮世,浮生
浮在空气中的警觉
心怀赞美
赶路的人冒雨疾行
前程似锦
四通八达的道路
在脚下
织出起伏的水光山色
他轻轻走着
雨,不紧不慢
不惊动一粒尘土
不打扰一只鸟在树上
落脚时排下鸟粪
鸟粪滑过圆圆的树叶
滑过透明少女
对读书人的仰慕和私奔
山水之画图徐徐展开
旧日稀薄,如日常的危险

而我们早已互相

道过晚安

各自去做风中的水滴

2017 年 7 月 13 日

七月

塔岭沟的斧劈皴和披麻皴
交换感觉
岩石推出悬崖
悬崖上的柏木盘根虬出
一阵雨在夏日闪烁
一阵内心的大雨扑打
七月的灯盏和马群

七月，在山中
浓绿如卧龙先生，守着
一涧无名的溪水
时光像飞鸟丢掉的羽毛
偶尔飘落
吟诵的绝句还没写成
我照常午休，如镜花水月
心生二尺落晖

2017年7月13日

宠物小传

恶趣味也好于无趣。妙相庄严的
微笑,也藏着小人物的诙谐
我打开窗子,驱逐几只苍蝇
它们趴在电脑上,落在花架上
撞着假装虚无的玻璃
嗡嗡地欢乐颂
有客来问,答曰:吾于太平盛世
闲得慌,遂养几声狮子吼

2017 年 7 月 13 日

戏言

天上掉雹子
总会砸死一个秃子
老头子敲一声木鱼
全世界男人都要出家
只有半个男人
守着妻子
渡过黑夜茫茫
怀揣的雹子
化成了水
水升腾为云
下了更多雹子
一夜间,七十二僧还俗
娶了许多妻子
一夜间,三十六计
占领二十四城
一棵树拍巴掌
三个女人拍桌子
桌子漂在水上

三个女人三朵花
这些话说给猫听
猫伸个懒腰
变成老虎
骑着老虎去找你
你工作太忙
深夜还在写文件
一抬头就过了夏天
来不及说话
就要老了，来不及
黄昏就黎明了
见面时
世界像一个钱包
钱币上的头像
换两杯咖啡
喝咖啡的人脸红
说，看什么看

2017年7月12日

到草原去

到草原去,每平方米早晨
都有两颗跳动的星环绕
每寸空气都荡漾着
草木清香。我们吸入了
整个草原,又呼出来
草原,一群毛茸茸的刷子
刷新记忆。你会说爱吗
对我。望着正在融化的早晨
沐浴青绿的光芒
我们的时间,因为婉转
而成河流,录播语笑晏晏
一帧一帧在心头重放
……马群在旁边站着,马头
齐刷刷抬起薄雾
你说一句话,土地就
屏息谛听;你挽住我的手
十亿露珠就会相爱

2017 年 7 月 14 日

在青山关

辽远的高风终止于一场农事
菜园里捉虫的人
一会儿姓张,一会儿姓李

下午的阳光点燃荡漾的花语
四面青山
坐下来就忘记了年月

铁线莲的白银
萱草的黄金
和着朝天椒的翠色

哼着斑斓的寂静。我们
有些小得意,纷纷拍响了
栏杆,也有些不记得

自己是谁。是一株板栗
一株曼陀罗,还是一面山坡的

当归，远志，独活？

——所有旧时光，都曾抽出刀剑
所有草木的祖先都披过甲胄
所有岩石都守过家园

在石子路上走过：雨水，幽香
翻腾的雾气。走过一个人
扛着锄头，瞭望早已消逝的烽烟

他看见：一阵积雪的蝉鸣
拴住变幻的天色
振翅的蜻蜓，忽高忽低

2017 年 7 月 16 日

昆德拉谈到了蘑菇

今晚望见她穿透黑夜
与上帝谈起蘑菇
一百四十里外的广场
一片漆黑
上帝叉着手指听了一会儿
也说起蘑菇,此外
不再有别的话题
这样的时刻加深相忘
几乎让昆德拉窒息了
他们,本该谈些别的
本该。昆德拉,你和我
上帝也有些焦躁
第二次扳响了指关节

2017 年 7 月 17 日

远眺赤子在壶口瀑布取一抔热血

黄河的孩子

舀起一瓶黄河水

说:带给北方的父亲

洗洗他的书斋

他要带着一抔咆哮的血

走几千里路

沉淀,沉淀出静

静的黄沙

好孩子,也带上一瓶无形的水

像你的眼睛

藏着风景和眼泪

去问候万里江天入画图

去唤醒睡在星空的狮子

让它悄悄跟着你

你知道怎样做，一直都知道

当你把手插入狮子漂亮的鬃毛

2017 年 7 月 17 日

虚构:一个人去看雪

在白色中走,合掌三次

弓身,扑地,磕头

在灰色中。只身去量到你的距离。

只身去量虔敬与倾慕

用内心生出的翅膀

你呀,白色里的白

一座矗在心底的

冈波仁齐,我的无上挚爱

温暖,晶莹,被晨光再次照看

2017 年 7 月 8 日

在耿王坟工作

每天,都听见鸟叫
敲着空气的玻璃
每天早晨。桃园的早晨与
耿王坟的早晨
下雨的时刻,独自坐着
下雨的时刻,一楼有人转动管钳
使墙壁变薄一公分
一公分的寂静。但是
耿王坟的鬼睡得还算安稳
不像活泼的年轻人
听见一个液态的早晨
把日子泼出去
其他时辰什么也听不见

2017 年 7 月 3 日

洪水发誓

洪水后门进去
前门出来
或者前门进去
后门出来
有时也跳窗子
爬楼梯
挖墙脚
顺便吃一两个人
都是常事
大家,见多了
也就习惯了
火锅支起来
麻将推过去
撞钟,撞钟
种地,种地
照常各遂天意
照常东边日出
西边雨,道是

无晴却有晴

你看，洪水横行江南

而江北书呆子

引用诗句

都分外恰当

似与洪水有着

一种默契

2017 年 7 月 5 日

那可爱的人儿怎么不见了

雨下了一整夜
梦里也是
雨在闪烁
慢慢掀启早晨
我有三十次回头
三十次无人
树走向对岸
背影也是湿的
花朵是你
红色欢喜是你
其他都不再是
我爱的事物
都这样匆忙
像,不需要爱

2017 年 7 月 3 日

晨起闻鸟鸣高树赋得

一粒麦子藏起天空中飞过的群鸟
一滴水藏起波澜壮阔的大海
我放大了个体的孤独
在一条狗的毛发里,它这样温顺
无声地走过丁香的早晨
我放大了它永远不能直立的背脊
在它需要站立的时刻
趴在灼热的沙土上,吐着舌头
说不出一句话。我放大了个体的渺小
在显微镜下,只是一些蠕动的细胞
而从亿万光年的天外
一个人的心灵正像流星划来
我认识那颗心,当孤独去看
喧哗的荷叶去接纳一颗雨水
坠落加快了坠落
它破碎,又在瞬间神奇愈合
我放大了这一时辰
那时候,语言已不算年轻

2017 年 7 月 21 日

试着理解一条河流

七月,是
八月,是
六月,不是
五月,不是

瞎子提着一盏睡着的灯
夜路
夜雨
夜不夜,海

七月的海
推动八月
六月的海
淹没五月

瞎子提着一盏梦着的灯
赶路
赶雨

赶余生，雨焉不详

七月扑入怀柔
八月土木大兴

黑暗只能记住黑
我所秉有的

光阴，冒着烟
被问题烧烤

四个月亮
含着毁灭

四个月亮
一个比一个强烈

我终于能够
一个人
在宇宙里读《山海经》

2017 年 8 月 4 日

空椅子

无人在一把空椅子上坐着
无人像流水一样流动
无人把空椅子留给空心的灯光
无人走入漆黑的疾病
无人,举一枝高烧的红烛
与无办一场无声的婚礼
请来的客人们都是影子
无人请影子们喝它们自己
像喝下一匹匹脱缰的野马
无人制造一小片没有边界的草原
繁星从黑暗的土地升起
再也没有语言,无人已凭空消逝
把无留给大地,把椅子留给天空
天空多了一颗恒星
这土地又少了一颗良心

2017年8月4日

一个孤独者的漫步

经历三十二次离别的金鱼
仍在鱼缸中踱步
从容,不言。水是它的耐心
像外面的空气是我的
文件是我的水草,四壁竖起来
模仿玻璃的透明,似乎
它们并不存在,似乎
每面墙上都开着门
走进去就是远方。金鱼摆着尾巴
优雅展示火焰礼服
不食周粟,也不必思想
偶尔用嘴唇碰一下玻璃
就感觉温暖,就会
轻松转向心中的河流
水一动不动,蹲在几何水箱里
像怀孕的女人

2017 年 8 月 5 日

梦见佛陀

梦，推着巨大的佛头
上山
整座山就要成佛
接受膝盖的朝拜

城里的灯全亮瞎了
人们还没下班
虔敬的祷告必定
有所求

佛曰：忘掉，忘掉
就下一场雨
闪电劈空
雷暴破土而灭

有鱼以背鳍
分割雨水浸冷的

明天，有年轻赌徒

万念俱焚，孤注一掷

手心睁开了数不清的

原子，粒粒慈悲

2017 年 8 月 5 日

明明如月

一匹马跟着我们
它的身体向南向北
蹄子是四根钢针

在火车站在汽车站
小旅馆的喧嚣
摇荡秋天的叶子

马头伸入红色窗口
我坐在蓝木头上
一首曲子越弹越轻

夜晚将来,马尾向东
夕阳乱抛金子。很想听你说:
我爱你,像刻骨的仇恨

2017 年 9 月 17 日

竹书

秋天的阳光照在竹子上
一种声音
到达另一种声音
而此时无声。而此时无声也
似久远的呜咽
竹影抵达了微醺的墙壁
一起造梦。一起
我将作为一枝细节挤在中间
存在着,又不属于它们

2017 年 9 月 11 日

辑三

登楼赋

云霰秋岭

突然，到了路之尽头
再转个弯就是前生
犹豫了，仿佛相同的事
不必再做。仿佛
已经原谅以前
年轻什么都不在乎
有的是时间去年轻

在路边树林子游荡
多少春天，多少夏天
花光流水借来的星月
也厌倦了鸟唱与虫鸣
像一支歌忘掉歌词
剩下小路般的曲调
走着走着就没了踪影

有一天，风会想起野草
衔着一块巨大的夕阳

有一天野草又将举起

一朵小花的生日

露珠，含住颤动的黎明

你该知道减却现实

多么痛苦，你的哑默

掀开伤口的新鲜。但那

迟来拂开一株金柳

吐纳一腔心事。月亮

自披垂的碧色间升起

又在黯幽的池塘沉璧

山水入画，画尽了多少

轻轻皴染的忧怀

2017 年 9 月 20 日

登楼赋

楼不必很高,高于秋天就好
秋天不必很深,要深于心底的孤傲
也不必选择秋色
秋色一层一层散尽,也不必
在意时间,因为早就丧失了时间
登高的脚步压住远处的河水
河水的歌声像呜咽
倒悬枝枝昏灯。登楼者慢慢来到高处
人间已越来越低
但你仍须忍住种种诀别
但你仍须忍住:秋风吹灭故人心

2017 年 9 月 23 日

午课:两种忧愁

有人抑郁了,有人在喝咖啡
从高楼跳下的
熨平一阵惊呼,一场饭后闲谈
喝咖啡的人微微动了动指尖
转动杯子。修剪纤纤十指
薄薄的指甲油
阳光从窗子照过来
阳光慢慢投递一个平常的下午
尘事,不值一提
却又让人沉醉
她想着年迈的老父亲在躺椅上
读《参考消息》
一串呼噜从天边滚过来了
夕阳从西山落下去了

2017 年 9 月 22 日

麻六转述采石匠的话

西山老五说
人品高下瞥一眼就知
何足道
小九九一响
满墙阴影
脚后跟也能看出来
有时,会觉得耻辱
像我跑到这里
铁锤一起一落
心里干净了
抬头蓝天白云
青山绿水,多好

2017 年 9 月 22 日

晚课:关于新桥大街

整整一条街都有着死鱼的绝望
整整一条街。经过的人笑得很热烈
却没有自己的脸
整整一条街在荒诞剧里浸透了荒诞
整整一条冷雨洗不净的街
在拐弯的地方翻身做了神仙
有一次,我从街上走过轻飘飘
仿佛是我自己
走过很久了,银杏还在摇扇子
梧桐还在鼓掌。像我们
在会场上干的那样
瞌睡、鼓掌,摇扇子、鼓掌
回家再来篇精准的报道
整条街都是另一条街
所有的人,都是别人

2017 年 9 月 21 日

我们生来不同,并将永远不同

放下星空时,我看见
一群人的命
向南,向北

是算命瞎子
用盲目触碰一切
更多,更少

一阵风也是我跟土地
开的玩笑
一阵刮碎乌鸦的风

我将用后脚跟赞美世界
我将用心宽恕
希望不只是我拥有大海

希望不只是这样
也是别的

也是你要成为的

去吧,去接受

花朵的诅咒

让果实腐烂在枝头

2017 年 9 月 20 日

秋分,我们谈情到午夜

说了那么多
一句也不记得
忘记说了什么
像端着一盆秋水
月亮从里面跳起来
似乎听你说:
嗯。在树影之下
在无处可去的街头
在指尖一碰即碎的现实
但它会愈合
而我们正在流逝
我们,还有多少时辰
值得庆祝
兴高采烈的悲剧
不断笑场的喜剧
风也在开玩笑
花草也是。心跳钉住了过去
黑暗在酿造明天

有那么一刻这样甜蜜

隔着一张长长的桌子我看见你

仿佛就是一生,已经就是一生

2017 年 9 月 23 日

孤影秋风也是取暖的斗篷

用脚写一部书
就要用脚去读。像你
那年登泰山
下了山就厌倦走路
什么也没有
远处也看不见什么
有雾涌来,湮灭
许多陌生的人头
许多时刻并不如意
许多秋色交易人间
萧瑟,像九月
长长的指尖
弹拨一只翅膀冷冷的羽毛
十月端来银盘
接住夜晚
西风已悄悄驾车而去
回来时枝枝银须
倒地即成一地骸骨

2017 年 9 月 28—29 日

这不算什么

看，我折断了时间
在眼角。俺爹也这样干
一匹金马踱下西山
它经过秋天的白桦林
驮着暗影。落叶铺陈的傍晚
在融化。我闻到了鸟鸣
像一群小鱼
穿过细密的枝丫
我自己也是一种气味
俺爹也是。我们
仍将一起卖命地干活
榨出空气里的盐
到处是时间折断时
清脆的回响

2017 年 10 月 2 日

怀远

在一朵花里住上一夜
用一颗秋露洗脸
又对着圆月照看

怀远。三十里在路上
三十里在天上
三十里来来回回圈出一生

睡在田里的母亲
变成一把泥土,还在
想着城里打拼的儿子

公交车上的少女
想着恋爱也是一辆舟车
带她去见陌生山水

怀远,也是一个女婴
在小小的摇篮里

摇篮载她走入家庭

男人们的远方是女人
男孩子的远方是男人
每个早晨的远方都是

夜晚,来到一朵花上
一朵粉色露水
月亮在里面圆缺

怀远,就是什么也不想
顺手摸到的事物
都是秋水、江风与天涯

我独自坐下来
像一把红色椅子
木纹里飘荡阵阵归鸦

2017 年 10 月 7 日

晨曲

得到越多也就越少
一座村庄得到越多
也更远离从前的朴素

有许多时刻，一个人的背影
比这个人走得更远
也就会丧失更多

树林用沉默说出的
流水用喧腾无法说出

我们之间的缝隙越来越大
秋雨也无法缝合

不像过去，双手互搏
试图融入彼此
有时候，我的血在你的血里

2017 年 10 月 10 日

献给爱丽丝①

为了减少黎明的痛苦我写诗
直到没有了痛苦
为挣脱噪音合鸣的天空
我写诗，整个大地鸦雀无声
为了制造一点声音？我写诗
一阵秋雨落下来
淋湿一个伶仃的背影我写诗
为一次又一次遇见你
像茫茫宇宙两粒尘土
我写诗。写诗的手和天气
把我的心递给昨天
而你只需要一次散步
一份阳光早餐。不能做什么
我写诗，用汉语炼制黄金
打一对会唱歌的耳环

---

① 贝多芬的曲谱原稿上有作者手迹："为爱丽丝而作，1810 年 4 月 27 日，贝多芬。""爱丽丝"是谁已无从考证。原稿问世之时，作者已去世四十年了。

我写诗,寂寞的嘴唇也能听见

说吧,你

已爱上了这倾情弹奏的黑暗

2017 年 10 月 11 日

冷涧沟即景

一匹马走下悬崖,碎石四落
马眼眨动天空倾泻
千里迢迢 b 小调奏鸣曲
熄灭于黑色琴箱

阳光多么猛烈就多么李斯特
一下子撞响正在冷却的金色按键
马头撞碎雪的白
而雪尚未落下,而雪闪烁

在桦树林。桦树赤身打开自己
风声塑成的马群走过
风声舔舐寂静的扩音器
在桦树林,一个人走出脚下的黑暗

像一条曲折的河流
的确曲折,的确是一条河流

2017 年 10 月 13 日

十月十四日散步拾得

夜晚散步,像在深渊布置圈套
或用足音捆绑摇晃的高楼

细雨洒落工业水银
在人影,在落叶,在……

我们同行,却有不同的心律
各自闪烁。直到

超市灯光化解五百年恩怨
才听见唱歌的张浅潜

那么忧伤那么美。夜晚把她抱起来
轻轻放进才华的鸟笼

2017 年 10 月 14 日

窗户

一扇扇窗户在大地上流走。住在窗里的人有一张张鱼脸,满身鳞片。

天空试着搬运玻璃,它借来河流与记忆。大海,一座巨大的玻璃工厂。

神话,流星向民间坠落。神话,借人的舌头完成自己。人,去创造会思想的机器,它将再次扮演上帝。

窗户在大地上闪烁。每个人身上的窗户闪烁,里面的房客倾心于黑暗,手牵一头红色巨兽。

寺院里的钟声落于花木,带来安宁的声音在唇间飘荡。

有一瞬间我捉住了雷霆,并登上汹涌的正午。

2017 年 10 月 16 日

镜中书稿

沉默,熬一锅噪音的肉羹
给我们喝

——更多沉默,在闪烁

大雨之后映出阴郁的积水
天空遗落的补丁

——投影,也去补天裂

把父母放进去,还有子女
给自己喝

——更多沉默,在结痂

把自己放进去,一点一点
油珠:彩虹聚散

——饥饿的嘴什么也说不出

让飞鸟给现状定义

或者预测明天:海豚音竖起

一根投入空心大海的标枪

激动的浪花被巡逻的舰船熨平

最后一次互道晚安

我们,并未被时间命名或遗忘

2017 年 10 月 16 日

给失眠者

在午夜,所有语言正化为乌有
但一个醒着的人说明一切
他像等待
将用早晨的青白去迎接太阳

空调吐出温暖的词
室外没有风,梦从梦的深处走来
能看见它闪烁的银指甲
能看见它渡河而不掀起浪花

午夜像镜子纤尘不染
午夜,是一条蛇
缠住一阵思想。窗子一直亮着
窗帘藏匿黑暗的眼睛

我为你写一支哑掉的歌
黑,钟情,像手套和平安

2017 年 10 月 18 日

题赠某某

每首诗,一口深井
看诗的都是投井的人

井说:不要犹豫
只让影子喝甜水
你,跳下来吧
进入这里支离破碎

会不会真被淹死?

井说:当你抓住
摇荡的井绳
爬回人世,像从午夜
来到黎明的婚礼

——外面阳光照着
湿透的身体
剧烈的笑声多么安静

像鸽子挤着鸽子

总有一人被淹死。

2017 年 10 月 19 日

献给玛丽莲

你的裙子飘起来
露出欲望的稻草

也变成一朵云
玛丽莲。你的大笑

欲盖弥彰。让
奥林匹斯陷落

玛丽莲。露水
也塞满稻草,梦也是

红色舞台也是
火焰也是这样饥饿

疯子走不出一个想法
我,走不出一片稻田

那年你仰观白鹭
叫来几只围成裙子

稻田青青,与一方
一方水做的天空

玛丽莲,这是中国
时间非常古老

我听见你用大笑
掩饰年轻的春天

已经发现了引力波
玛丽莲,像亚当发现

夏娃。一种感觉
玛丽莲,我并不存在

在这个明朗的
早晨,霜花写了一首诗

2017 年 10 月 23 日

拿破仑

日光照在左脸
也照在转过来的右脸

红袍子破得像狼群?
马是病马?

这个失败的矮子
差一点就征服世界

他独自走过一片火海
他独自

海水抬高了自由
太子墓一带熟了苹果

拿破仑
一个埋入史册的想法

从你凝视的地方

飞过黄昏和黑鸟群

2017 年 10 月 24 日

万物被命名以前

必须试着回到从前
亚当,一个人在园子里游荡
捂着隐隐作痛的肋骨
和平,在每片叶子上闪耀
只有和平。和平也带来
没有梦的白天和夜晚
我,将被命名
所有的事物也都没有名字
有时能听见各种声响
我不知道那是什么
像胎儿还待在母亲腹中
不会理解生活
将带来的种种伤害

2017 年 10 月 25 日

现实一种

还没准备就已丧失

早晨没到已黄昏

星星焊着铁皮做的天空

群鸟的影子投递黑暗

我的心对着你的秋天低语

我的心是一把提琴

拉出弧形的月光

你是一本乐谱合拢了时间

演奏家已离开舞台

迈着轻快的步子

回家去做一个平凡女人

早晨被碎纸机粉碎

然后，就再也没有早晨

2017 年 10 月 25 日

给一个准备失眠的女人

天空是长方形的

长方形的云

在里面游泳。鸟鸣也是长方形

穿过长方形的树

长方形土地上长方形的黄昏

沉默,长方形的

所有的生活将被数学统治

长方形的思想

长方形的吻长方形的人生

我拉开长方形的门

走出去。有那么一会儿

我接近正方形了。四边相等

四个角是直角

我这样特殊,坚持了一会儿

就回到原形

夜晚是长方形的

还有失眠。为明天早晨

写下长方形的寂寞

秋天最后一场冷雨

2017 年 10 月 26 日

送你一匹马

一片蓝色树林
走来红马
旁边一条弯弯的小河
旁边一座狭长村子叫故乡

故乡的玉米地是蓝色的
秋天的虫鸣
也是蓝色在闪耀
在蓝色的秋天
走着水罐一样的两个人

……沿着大路走来了红马
裹挟着修辞的烈焰
迎面走来
到达心中就会消逝

已经听见嗒嗒的蹄声
已经听见了

石头在石头上爆裂

就这样永远镶嵌在墙上
就这样互看了一眼
永远:水罐碰响了水罐

2017 年 10 月 27 日

总会有一个不听话的孩子

一个孩子口述真实，十万婴儿不会倾听
它们吵闹着在找奶嘴。它们
吸着阳光一样温柔的奶水
它们吸。一个孩子说出真实

但并不知道真实为何物
一地黄金，还是遍地牛羊涌向海水
而真实已被说出
一群老人沉默着回忆

年轻时仿佛拥有的生活
多么兴高采烈
那时候比早晨还要年轻
那时候真他妈年轻

一个被杀掉的孩子
醒来时，就是一个老人
他木讷，帕金森综合征

为了活着不停地摇头

却已像骡马一样同意一切

它借助科学在大路上飞驰

它在寻找奶嘴

——总有,一个孩子,口述真实

2017年10月28日

果园以西

人们取走满树乳房是在众目睽睽的秋天
乳房挤着乳房又被装箱出售
是在万物零落以前

秋天很快遗忘只剩荒芜的山野
伸向天空的手臂只剩寸寸枯骨
秋天,一座巨大坟场用悲凉掩饰自己

然后,有了风
垂死的鱼群以渔线拖着太阳从身上碾过

2017 年 11 月 4 日

创世纪

我一直在你上面运动
而你一直在喘息
全人类都由我们创造
以及全人类的眼泪聚成大海
音乐可以自由游荡
在每一座房子。梦不向国王纳税
爱情能推开沉重的墓门
说话。我一直在你上面运动
你在大地上面喘息
璀璨星空正在我后脑勺上形成

2017 年 11 月 4 日

发现

每个人都有张悲剧脸
每副身体都是一座旧剧院
当孤独拖着记忆的沉船
不会相信刚刚还在流水线
塑造狂欢的灵魂
怎样的手脚和大脑
为什么脱下火焰护具
还是这样疲倦
越来越轻,慢慢走出
身体的幻影
一阵风拍打朽腐的房门
房间已空无一人
房子又回到田野变成
石头、尘土、星辰
老人们抬头望见下午的太阳
满面春风
一颗心脏搏动着国王的高傲
溪水在从前的溪水里,闪耀

2017 年 11 月 4 日

晨光帖

鸟群惊散的早晨
总是想起
临水照花与柔情蜜意
妄想能否成真
阴影在阴影里
裹紧一层一层
蜂蜇般的日光
还能说吗,对你
提着一条大河
一条大河琴声幽咽
我们用裸体拉响
蓝色巴赫
有一种觉醒
涉水走出秋天
有一种命运到达之前
就将消散,哦
让人吃惊的群鸟
扑面而灭

2017 年 11 月 14 日

两点之间有一条虚线

与你做爱时被窥看
四壁回荡着情歌
一个影子攀上高高的窗口
月亮是一块石头
砸向它。与你做爱时
床榻在岩浆上颤抖
你的尖叫像幸福的刀子
找着安静的鞘
过一会儿它将对着夜色
道晚安。过一会儿
晚安抱着晚安
两个佝偻的肉体模仿
一条寂静的河流
穿过旧家具般的寂静
为了爱我们去认识孤独
为了与孤独相处
我们翻遍对方的身体

找所谓的爱

这一切已经成真

2017 年 11 月 16 日

对面

当我变回一个孩子
你们就在对面
当我长成一个青年
你们就在对面
当我成为一个父亲
你们就在对面
你们多么年轻
你们永远年轻
当我站在你们中间
也就站在
孩子,青年和父亲对面
那么我是谁
你们又是谁
服务生最明事体
递来两杯咖啡
加了糖,加了夜晚的雪
加了无所谓

2017 年 11 月 20 日

梦的解析

梦中人醒了,做梦的人仍在
梦游,他们
闭眼,捂耳朵。他们
假装哑子拍打精致的房门
走进一台又一台娱乐节目
像美丽的评委
哦,有时还有工作餐
哦,有时还有年轻女人,有时
梦中人醒了又昏死过去
没人知道他醒过
潜意识里一把刀子也醒了
就要冲出身体

2017 年 11 月 25 日

大雪浮起一条无处安放的河流

下雪了。雪下得还是早了一些
一些无处可去的民工
穿着缀满雪花的衣服
找一个桥洞。雪落在眉毛上了
拉着行李箱的民工
几天时间就老了
像一堆四处走动的垃圾
房租暴涨
它们买不起一盏灯
它们无处去买一盏灯
大雪浮起一条无处安放的河流
这条河流远离故乡
下雪了。下他妈的雪了
这是初冬的古代中国
一群人低头找脚下的路
很久以前,他们
在梦境弄丢了自己。现在
他们冻僵的鞋子弄脏了别人的美梦

他们慢慢蠕动

在世纪初慢慢蠕动

渐渐结冰的河面铺开晶莹的雪

2017 年 11 月 25 日

差一刻钟登顶午夜

尖叫里奔跑着眼泪
沉默也是
眼泪是新揭下的鱼鳞
身体上伤口点点

每条鱼都曾在陆地尖叫
河流捂住了
它们的嗓音
河流捂住了两盏渔灯

也捂住一场雪崩
我们,用望远镜
互相欣赏
火焰点燃瞳孔里的阴影

电视多么安静
哑剧在安慰哑巴
我们不能相爱

最好什么也不要说

尖叫捅破气球般的天空
墙壁在发抖
不再保佑冬天的人类
它,正在被拆毁

从六楼向下投射
自己的肉身
像一枚臭掉的炮弹
违背家庭神圣的誓词

鸡鸣穿上黎明的礼服
赴白昼之约
少看一点焰火,去听
奔跑的眼泪尖叫

2017 年 11 月 26 日

公民赋

从隶书到印刷体,试着做一个奴隶?
对镜练习蚕头燕尾的礼仪
面对有力量的事物,小心保持微笑
满怀敬畏不论错与对。把这些做到极致
要比一阵风吹醒的春光还要自然
比镜中的波纹更明媚,不让人看见
裂开的梦境驰行,在高速路上

运载卑微与璀璨。世界,已被驯化
在脚下? 毛茸茸的手轻拍你的肩膀
多像带来温暖与安慰的朋友;多像一群蝴蝶
带着理想光临梦中花丛。为一勺蜂蜜
两个义士互为仇敌……这样的事
已太多。冬天,越来越深
板着脸代表四季,打印为你量身定制的

真理。让软的膝头感激坚硬的泥土
让额头磕出鲜花的尖叫

下棋的人弄丢一枚棋子,会随手找来
一枚石子代替,把悲剧下到终盘。它们
不在意任何一枚棋子的命运。就让
骨子里的公民备好烛光晚餐
就让烛火摇曳,支撑起沉默的天宇

可以低微、恐惧,可以食不下咽
一夜一夜失眠,却不能失去
自己的声音。必须学习大声说“不”!
必须为一份带着墨香的药单
花掉几百个黑色的春天。从土地上
站起来,一个独立的人,一生反对自己
为某种愿望,找到肝肠寸断的结局

2015 年初稿,2020 年改定

辑四

野狐禅

深夜滚过一阵狗叫

试着减低词语
的音量,减轻一个人的身体
只保留影子
或把一丝风埋入矽肺病室

一页稿纸花粉过敏
为一首诗
让自己受苦
身边流水也是

泥巴,卵石和野草
冬天空荡荡
结着冰,伸出长长的手指
拨乱胡同民谣

和沉默。退去这夜,退货
让快递员忙碌到死
一条路也不剩

茶具发呆，电动车激动

各敷一层雪。如果
想起十八岁，就咳嗽一声
如果陷入烦恼
就像狗一样去角落

2018 年 1 月 1 日

感觉

一百只绿头苍蝇趴在金灿灿的马粪上喝水
那是夏天
白桦树摇晃着摇晃着
在不能触碰的高处涌起一阵无声的波浪
我骑马从灵山走过
马蹄一碗一碗叩响柏油路
是在多年以后
马蹄声催眠了整个世界
我感觉自己是一堆新鲜马粪坐在路上
一百只苍蝇正哼着小曲儿
从树林深处赶来

2018 年 1 月 2 日

野狐禅

没有恒久之物
赌徒手里的石头
也被剖开
做成手镯的石头
回到山里的石头
曾经一整块寂寞
不再互相看见
我们,装模作样
已经在消逝
一个吻全是窟窿
一份爱,一场病
轻轻转身
眼珠子跳出眼眶
在地上滚来滚去

2018年1月2日

春光浩荡

我在北方,也要夜行千里西湖边
折梅,为你

说出来鬼都不信,偏偏你信了
西湖边梅花开得不冤

红一乎,白一乎。我扛着一大杈梅花赶路
上高铁,下高铁。坐汽车,自行车

你在宋代擦一只梅瓶
素笺画我的蓝胡子

2018 年 1 月 6 日

精神病院日常作息安排表

06:00 听音乐

贝多芬,肖邦,柴可夫斯基轮换

07:00 吃早餐

牛奶,面包,粥,油条,烧饼,鸡蛋

07:45 服早餐药

安全程序,按下开关

08:00 听音乐

一束阳光透过窗户,对面

有人掏耳朵掏出一群大象

长寿花开得粉碎性骨折

09:00 医生护士查房

微笑,像敷的面膜

09:15 分发点心

枣糕,鲜花饼,蛋糕

女人的耳语

10:40 棋牌、书报、杂志、看电视

正能量涂抹房间。下棋输了的男人

又在嗷嗷大叫,赢的跷二郎腿

书报杂志电视一种声调

美好的噪音撞来蹭去，一只小狗

11:00 服午餐药

与早餐药一样，温水送下

11:30 吃中午饭

米饭，炖肉，西芹绿得有模样

14:00 分发点心

甜的，咸的，有形状又松软的安宁

14:30 棋牌、报纸、杂志、看电视

这回赢的抱头哭，输的笑嘻嘻

一种味道，材料不同，动静相宜

感觉碰碎一种预谋

16:50 吃晚餐

稀粥，面条，饺子，包子都可能

偶尔吃懒龙，有菜有汤，可以磨牙

17:20 晚间洗漱

个人问题个人解决，亲近水

全都有智慧；亲近山，全都是圣人

17:50 听音乐

高山流水，十面埋伏，春江花月夜

安抚一条燥热的河流

音乐，也是灵魂的春药

19:00 发晚餐药

温水送下,已成习惯

19:30 收看电视节目

雨雪霏霏,也不知看了什么

……不得不说,有规律生活

充盈了时间与空间

你看高贵的前额多像

仅存的乡贤心底闪烁的溪流

浑然天成的石头

而在外面,梦,突如其来

我们,又是谁? 雪,小嘴冰凉

一口一口喂养不吭声的三十六计

2018 年 1 月 7 日

我爱你暮色四合

一起看电影
回到床上做爱
一年四季,我们
都这么干。看电影
做爱,看电影
做爱。繁文缛节
都省略掉了
偶尔来不及脱衣服
就到达年轻的云端
干不动的时候
就并排躺着
盯看天花板上
正在洇开的
中国版图,一只苍蝇
从河南爬到河北
或从香港到西藏朝圣
不过几个小跳
有时真觉得我们是两个

互相安慰的上帝，旁边

星光闪耀，下面

众生平安，夜凉如水

2018 年 1 月 14 日

考古学

从死亡,他们把那些东西挖出来
那些被称为历史的东西
或证明历史的东西

在地下黑丝绒里,一定还有
另一个中国
不论怎样灿烂或糜腐

不论拥有怎样的真相
现在,就在沉睡的砖石土壤中间
被挖了出来

这些被称为根的,那样短小
陈列在眼睛里的
无法提供新证的

告诉我们,这片土地的过去与将来
一些无法溶解的碎片

……总有一天,孩子们

用先进的仪器找我们
然后,也把我们从废墟里
挖出来。让他们挖吧

2018 年 1 月 17 日

在乡下

挥霍的人还在宣扬道德律
遛弯儿的狗尿着每一棵树的根部
宣示它的地盘
冬天也一样,连荒寒也要
从穷人的裤兜里翻出来
许多年前在乡下
大家都在墙边撒尿
后来又共用一个简陋的厕所
没有暖气也没有下水
粪便,就一层一层冻叠上来
威胁肛门,冷风在茅坑缝隙间歌唱
大大小小的屁股
有时候,旁边的大榆树上
呱呱鸟一阵短促的鸣叫

2018 年 1 月 17 日

所见

看看周围,这些美丽的空心人
的确非常美丽
但我不再爱他们
但我不再需要爱
爱是一口自尽的枯井
或什么都不是
我是一口深刻的空气
吹过刀锋
请你屏住呼吸
看看周围,这样苍白

天地茫茫
一群马的骨架,在奔驰……

2018 年 1 月 17 日

金钟罩

世界已再次简化为
老虎、苍蝇与看客
之前，老虎是小老虎
吃老虎妈妈的奶
苍蝇还是粪便里
爬来爬去的蛆
含着满满蛋白质
看客还是
老的老，小的小
关老爷的大刀
还在废铁里生锈
……每个人都筋骨强健
胆大妄为。每个人都大嗓门
脖子也很结实
万事如意，生意兴隆

2018 年 1 月 19 日

忏悔录

秋天带来一场有预谋的大屠杀
到冬天只剩锋刃的凛冽
明晃晃刮着脸蛋上粉底和胭脂
幸存的女人
将在下一个春天生育万物
再向夏天借来雨和日光
男人们,拖着锄头
给土地搔痒
又在月亮地磨快了镰刀
风在秋天,鼓动一场叛乱
庄稼抽出刀剑
路上下好绊马索
镰刀挥舞着男人们的手臂
排排庄稼倒下去
像绞获战利品样
玉米棒子堆在一处
羞答答的谷穗垂在旁边
秋天,我也是残忍的刽子手

到春天才被土地宽恕

这一切,发生在父亲的山上

鸟雀疾飞,年复一年

2018年1月19日

傻瓜日记

谁能想到二十多年后
四个大老爷们儿又一起在
京都大街上溜达
从南池子到五四大街
谈着宇宙起源，灵魂转世
互相印证着社会主义价值观
谁能想到。在地铁，他们
丢了一部手机又找了回来
并由衷感谢捡到手机的大姐
1980 的私营餐馆，中午
吃了特色肘子，锅塌豆腐
土豆丝和冬瓜丸子汤
抿一口二锅头，谁能想到
他们，在美术馆看了北兰亭书展
唐卡和一带一路画展
一个犯了痛风，另一个讲完林教头
说武大郎、武松，说孙猴子
还有一个问道，另一个说书法

谁能想到:美,像一间囚室困扰他们
让他们孩子一样争吵
最后被驱逐。仍有浩荡的人群
排队入场,下午三点钟
过马路时买了娃哈哈矿泉水
914 路快车,面对面坐着
只差一桌麻将。在双峪分开
他们,又走回各自的人间

2018 年 1 月 20 日

致玛丽安

对世俗生活,喜鹊看得厌了
乌鸦也无可在意
梧桐,一座正在死去的空城
透明的凤凰早已放弃王位
很想去远方
找一个人好好地爱
但世上已不会有这样的人
很想过一种完美的人生
却不知道什么是完美
有时你看见我
在角落发呆,心事重重
有时你能感觉到一阵冷风
从河面上走过
搅乱发抖的电灯光
街边,阴影弯曲
两座店铺敞开它们寂静的货架
没什么属于我,这些破烂
除了那天下午的秘密。五百里路

并不遥远，一曲贝多芬
就到你身边，但心头一寸光明
要用锈迹斑驳的五百年

2018 年 1 月 21 日

时空隧道

——赠梁闻铭

云水相聚,就是粮食与酒精的告别
挪威就是立陶宛,呼和浩特就是斋堂

蝴蝶就是庄子
庄子就是喜哥,阮籍就是刘维东

我是一条结冰的溪水收集夕照
潺潺潜行,你是一苇涉水的佛陀

天地这样小,地球是手中玩具
我们曾噙着奶嘴享受摇篮与诡计

这里星星比远处的更亮
弦月更像弯刀,夜色更像一种顿悟

清洌,冷酷
而我们汇聚在一张开心的桌子面前

像八年以前，拍打着苦闷
谈论东方哲学领导西方哲学

现实与从前一样，穿起了鲜花
还是一群野兽，呲着尖牙

你拥有的世界闪闪发光，不可捉摸
在有限的时空，我试着塑造一种真实

喝酒，忆旧，向往自由。下楼时你说
如果站在墙角一起撒尿就完美了

那堵墙早已不在。我们
站在这片陈年的土地像几块旧砖

酒精告别粮食就是
塞翁拒绝马克思，转身回到了宿命论

我们浪费着一小片云母般的呼吸
它璀璨的文身，就是真相栖身之所

2018 年 1 月 22 日

望远

我对现实不抱任何希望
我对现实抱着深深的希望
我之所以痛苦非为一己痛苦
而是十座大海分娩的痛苦
我不知道大海将生产什么
我知道大海不能生产什么
我胸怀京西绵延百里的荒山
赤条条的荆枝微微摇晃
我的胸中空空如也
没有一片云,也没有一只归鸟

2018 年 1 月 24 日

在帝都等雪

提笔就把雪弄脏了
之前,多好
茫茫里没有脚印
没有多余的颜色
白得无所畏惧,白得忘乎所以
白得不堪其辱
提笔,某种想法
就涌向纤细的笔尖
万端之美凝成一种意志
我不知道自己将说出什么
我不知道
所谓的语言,已经
等在大雪覆盖的堤岸
大河在冰层下面走着
在巨大的铁闸面前
哑火。这里,晚清的京都
西山,像老佛爷
坐在将朽的木椅子上

想象全国各地的雪

突然涌来,像盲音预言未来

雪下来之前

我已被它的委屈埋没

雪下来之前

我,轻轻挥舞着身体里

枯死的树枝

2018 年 1 月 27 日

悼念一棵杨树

树上栖过麻雀，也栖过喜鹊
每根枝条都向上
树下走过男人女人，也走过猫狗
每根枝条都触碰过星星
杨树像这座城池无雪的冬天，轻轻
走过毛泽东，也走过曼德拉

2018 年 1 月 29 日

晨读刺一诗遥寄江南

刺一兄:没几年,我们就一起老了
尘土,日光和雨雪
磨着昼和夜,磨白了衣角与鬓角
你在南方一张旧桌子上写作
你在。吐出春风的枝条在路边
饮下清茶的人已经通神
轻轻渡过芳香的流水
流水,也慢慢白头
有时,一阵蝴蝶的牙疼
就是肺腑里孤灯苦涩的知己

2018 年 1 月 30 日

顺义

推开冬天的门
就到夏天门前
走进去,就鱼水之丽
还犹豫什么
银河水向东,人生向西
没什么可以牢牢把握
很多抓住的金子
不过是夕光
很多忘记的星期天
口袋里揉皱的几张印有伟人
头像的纸币
走进去就瞒过现在
不像此刻:北方,晴朗
褐色山脉,长长卧着
不可逾越。
想起远方的梅花与李花
又感到皴裂的平静
然后,我说

太阳。太阳就从晃动的枝丫间
吐露一团清醒的火焰

2018 年 1 月 30 日

论杀掉的猪与低处的光

黑夜包裹着走动的肉
在山里
喂它们溪水，空气和桃花
喂它们群居之乐与独我的忧愁
以爱的劳动，一把尖刀
催促它们长成绝望的形态，催促它们
囿于一种简单的快乐
互相砥砺。要杀就碎成不同的等级
肉二十五元每斤，蹄子十五
一副好心肠一百元
哦，穷人的经济，依山靠水
一种一种积攒黑夜
换来短短的安慰。想起从前
在涧沟坐着
道法自然，又那么无知
头枕流水，听着
日光穿过树叶的轻响

2018年1月31日

在厦门大学

我只钟情于一方天鹅游弋之碧潭
两三根寂静横斜之枯木
都通向历史的巢穴。再向前
陈嘉庚先生兴建的楼群
点缀着:松,凤凰木与枯山水里的愚石
再向前仍是我自己
一阵千里风带来的海浪
推动一叶孤舟,明月在天也在水

2018年2月2日

所见

对芭蕉我所知甚少
只想起雨水敲打蕉叶,像弹琴
还有怀素,蕉叶为纸
练习小草。对香蕉我贪恋
它的果实,却对孕育它的
蕉树一无所知
从漳州去梅州的路边
香蕉林漫山遍野
一辆蓝色三轮车开进地里
旁边的水塘
游动着成群的白鸭子

2018 年 2 月 2 日

五十八亩

心境到了,就唤回十万大山
中的一座
修葺草庐,种树养鸡
把西胡林劫走的山泉
导入干涸的山涧
三月看杏花开成迷途
四月就更好看
每种植物都生着新嫩的苞芽
下雨之前
已经扛着锄头,腰别镰刀
下雨之时
把度过的日月种在地里
鸟叫一声一声
从高树起针,缝合了忧怀
像从前
对一切充满感情
走遍土地的每个角落
去重新结识这里的一切

问候野鹿,獾子与不知名的小花
五十八亩,父亲曾在这里
干活,养活一家人
有一天,我也会回来
一整天一整天,感谢杂草
感谢茂盛的灌木
感谢坚持的岩石。躬身投入劳动
收获饮食,或饥肠辘辘
却不再抱怨。我投入所爱
不会在意所得
也许年迈的父亲像孩子
跟着我,也许身边只有
变长变短的影子
偶尔,抬头望一下四周的青山
独酌一杯桑葚酒
独吁一腔虚无对空谷
……蘸着酒,在手心或树叶上
写字,轻轻交付
微风与吟咏的溪水

2018 年 2 月 2 日

无声记

没有人是相同的。在这一刻
我和黑暗谈起了历史

黑暗也不相同。对付时间
黑暗从不衰老。像爱过的尤物
梦见白天的不真实

我什么也说不出
侧身变为一把柴刀
砍断十指上的琴曲

耳朵还在辨听
无声在红色寂静里击鼓
无法说出的感觉
应和渐渐平静的心跳

没有人是不同的
仰着一张阳光灿烂的脸

鞭炮在心里炸碎荒山
每扇门都站着拿凶器的门神
两侧贴着倒春寒

有时,我悄悄抬头
正好看见它下巴上的阴影
在胡碴儿间悠然游弋

2018 年 2 月 17 日

山行札记

彳亍复彳亍
半辈子在门头沟
也不能说
读懂了十万大山
也不能说
这山色已经看厌
东风刮来一座山
西风刮来一座山
日光照着，月光照着
还有雨雪皴染
还有我自己
背过身
就一川烟草向皇都

春天跑过一堆尸体
秋天跑过一群野兽

2018 年 2 月 14 日

春梦前书

其实，写字就是避开滚滚红尘
像在商海浮沉的浪子
在某个烦躁黄昏，突然
捉住一杆湖笔
蘸足了黑漆漆的墨汁
在纸的弹性里起承转合，在空中
造各种姿态的黑
造梦的亭台楼阁里游弋之歌声
当他回头，仍然满面经济
放下笔，仍然是浪子
轻掩内心的小自在
身体，拖曳着这个陈旧的世界
其实，只要
蹲在角落里想一下
日头就会撞开三月
野花就从远处叮叮咚咚
一会儿跑过小教堂
一会儿跑过龙山街

2018 年 3 月 8 日

自由

自由的形态，是一座市场
它用蔬菜，小商品，鸟兽虫鱼喂养我们

自由的市场，有几万双脚
有三轮车，自行车和小货车

有本地人和外地人，老人和孩子
有闲逛的和尚，耽于情色的仙姑

自由使他们聚在一起，从龙门的停车场
漂到永定河边的沙土地

鲜红鲜红挤着西红柿
盆里戏水待价的金鱼、鲫鱼和白鲢

自由。自由是我的一个同事，下班了
在人群里转悠，找一篮花

而另一个同事正因为两棵芹菜
跟小贩讨价还价

自由是我经过他们的生命
而他们隐身在市嚣的云里并不知道

哦,亲爱的自由。有许多张父老乡亲的脸
在人间居行无定

我在他们中间,慢慢地走
欣赏着每个活生生的细节

所有事物都睁开眼看我,他们那么卑微
他们的眼神怀着梦想那么珍贵

我挨着他们坐一会儿,像一口方言
自由已将我带回正要远去的故乡

2018 年 4 月 3 日

有一天

有一天穷得只剩下标题
没有内容
这似乎正在变为现实
这已经成为
现实。我在大地上走着
读那些暗处的笔记
一颗星在脑袋里闪烁
一条河赤条条
被岁月打成纸浆翻腾着
像肚子痛。有一天
只剩几块石头
就坐在上面跟你下盲棋
玩那种胸有格局
却无棋子的游戏
我连输九盘等于赢了一局

2018 年 4 月 10 日

今天见到了想念很久的人

床榻像不像一叶孤舟

人世像不像一片大海

我们应该重逢在明月夜

对酒当歌忆从前

你还在笑,幽默,豁达

伸出有力的手

相握,哦骏马

还在梦幻草原上飞驰

枯草在马蹄声里返青

你还在问,沿着从前的目光

看见书籍堆雪

哦,我忘年的秘友

被禁锢的身形,依然伟岸

依然带着火焰

说着彻悟时开阔的天色

原谅冰雹以热血

再待一会儿我就会哭,也许

再待一会儿

我什么也不能做

我看你用吸管喝一杯果汁

你在等我

用研磨成粉的星星写一部书

告别时,一种黑

追出来,一种带着蜂螫的黑

咬着手背

还有多少路啊,需要一个人走

就一直走下去。像从前

你在孤独里,意气风发

迈着轻盈的舞步

是一个火红的不知疲倦的夏天

2018 年 6 月 22 日

一个悲观主义者漫游人间

一个悲观主义者
漫游人间
他走过的路不会屈服
他的悲观愈加凛冽
卧在石上的饿虎
随时扑上来撕咬,不剩一种喜悦

没人知道该经验什么
人们互相经过
最亲近的人也是如此
整个人间是一场
悲剧,却总会以喜剧
呈现。像许多年前

你脸上的不屑像标语,他认识
情感展翅接近天空时的卑微
发出的声响
他认识,风声一丝一丝

缠在衣服上，是夏天回忆春天
他认识那沉思

突然，就有不复悲观的流水
欢畅，调皮，顺从
遇到每个人都笑出眼泪
而你必须厌恶
而你必须有一种莫名情愫
却永远不知道为什么

一阵乌云压迫着。就要下雨
已经望见梅雨季
已经望见
一场大雪正从六月赶来
制造雪崩：是赞美
摧垮一切。他欲为蝴蝶
为此，已经预支了余生

2018 年 6 月 23 日

晚霞

心情不好时看见了
晚霞
下面是大海,是村庄,是稻田和水塘
在燃烧

这世上总有无法拥有的事物
像这一刻
拼命拍照想留住什么
却什么也留不住

像这下午,谈起艺术治疗
被解构
艺术与治疗
呼应却不能相互照耀

……节制带来沉重的阴影
想摆脱
它就变为泥沼,越陷越深

我感觉有些东西从未改变

我感觉到你,海风就从脸上经过

2018 年 6 月 25 日

一个人在河边走来走去

想带你去看美
而你不能离开海水吟唱

七种痛苦在等
七把刀在削风梨

六月的心情入口不化
然后,更硬的七月

海水沿着白色岸线
吐露弯曲的忧愁

鸟影缓缓切割
落日呵,神圣浩大

在水里沉下金子
装饰无法逃避的幻觉

年迈的邮递员带着旧信

迷失在陌生的巷口

2018 年 6 月 26 日

太平洋故事

人生,无非子丑寅卯各领波澜
斜阳辉煌地落下去
鸟叫层叠着升上来
许多你在意的细节已凝成盐粒
在意的土地生长棘刺
挑拨寂静的天色。这是不是
我们想要的?语言永远不能
找到居所?是不是
错过这片海,就会永远错过
太平洋?说出的痛苦
只是一小片云在下雨
说不出的,是战前突然息住的鼓声
催眠了热血
一种花压低万马齐喑的冷酷
慈悲与阴郁在安慰
视网膜上脱落的明天
为一个人,可以自我放逐
为一种命运,可以走过千山万水

2018 年 7 月 8 日

与莎波丽共舞

莎波丽,好姑娘。多么深情,多么美
像一条河
携带落花

像一条河
携带春天瑰丽的群尸捶打胸口

莎波丽,好姑娘。你还不懂得委屈
颤动的身体
还不懂得呼救

像一阵风,还不知道自己是深刻的空气
剥削着血肉的平静

你裸赤的大腿多么诱人
还有红色高跟鞋

莎波丽,我已经付过钱了

一起跳支舞吧

在这片墓地。像一团火焰
甩动你的马尾辫和丰收的肥臀

甩动有韵的快乐
与时代合拍。做它的干女儿

有时皮草,有时穿着羽毛
好姑娘,莎波丽

你的欲念是一根救命的稻草
你的身体伪装成菩萨

搔首弄姿
一会儿年轻,一会儿年老

莎波丽,我们一起到黑暗里喝杯果汁
狐狸的小可爱
般的黑暗,果汁傻甜能甜坏脑子

莎波丽,我已经

为一切买单,包括偏僻的小旅馆

好姑娘,哪怕还有千分之一是你
哪怕。

一点儿也不剩。你已经被消费掉了
像一朵落花涉水

到处行走的没有面孔的墓碑
上面繁星密布
你将繁殖出一个怎样的世界

在我独自吸烟的时刻

2018 年 7 月 22 日

悲剧

重演。禁止泛滥
漂白的口水。禁止
说服一片叶子
用整座丛林作掩护
禁止跳楼,沉河
禁止耽误情人的
晚餐,也许还有宵夜
手背后,挺胸抬头
耳朵,看前面
禁止流泪,像个娘们儿
要学会跟自己喝酒
灌醉酒里的
疯子。……但是
悲剧拉开大幕,大家
都很上镜
都是最佳主角,每个人
笑起来都不敢停

2018 年 7 月 29 日

很久以前

大约二十年前
我和父亲在山里
种地

渴了就喝山泉水。用核桃叶
弯成勺子
或直接趴在岩石上

摇荡的水草看起来很脏
水里小虫子在细沙上爬

有时,我们的愤怒像暴君
对付这条纤弱的溪水

掀翻它,从它的脏腑里
扑灭机警的鱼群

有那么一次,我们谈起

这片土地的未来

溪水多么谦卑地匍匐在脚边
和蚊子一起
在上升的暮色里哼唱

很久以前,父亲也和
祖父经历这一切

那时他比我更年轻
有着永不屈服的农业的背

他能背着一座山
在野草的尖叶上行走

2018 年 8 月 2 日

马戏团

只有一头狮子
它宽阔的前额是一个启动中超的足球场
鬃毛是就要跌停的股市
它把爪子搭在你的肩上
真够沉重，但它奖赏你热乎乎的湿吻
而你必须微笑着接受
并用双手环住它秋天般的肥臀

为什么这么多人欢呼
发出凶险的赞美，当他们不再知道
美的尺度，当他们以为流言
书写着崇高的历史
就不能像树林一样站立了
就像海浪屈服于黑暗的风暴

八月室温已达三十五度。空调
在半空中发抖，它过滤掉热情
只剩一种让人安适的冷酷

人间万象相安无事,但是
有毒的空,让每件物体发着幽光
你,你们,睁大的眼睛挤在一起

连成一片汪洋。然后
狮子,站在曲曲折折的海岸上
感觉,未来世界也绕着它旋转
只能有这样一头狮子
像空荡荡的概念,古老又伟岸
接受所有眼泪的膜拜,呵,这新造的神

2018 年 8 月 4 日

鼓盆记

比小提琴更动听的是锯床腿的声音
比锯床腿更动听的是敲铁盆的声音

那是两千多年前一只蝴蝶悲欣交集
敲着铁,唱着葬歌
送别他的母亲

脸上挂着眼泪也挂着微笑
他用翅膀轻轻一扇,金属的回声
像一根生锈的铁钩子

就钩住一个人受伤的琵琶骨

2018 年 8 月 5 日

北溪赋

北溪并不是一条大河的全部
是支流,我只取流经东胡林的一段

北溪在东胡林西侧
重新回到地表:清澈,曲折,布满水草
开着红蓼和鸢尾
飞过蜻蜓,蝴蝶和麻雀

我只取流过车站时击打的巨石
在河中央
小时候我们顺着石头光滑的斜坡滑下水
小时候,我们趴在石头上晒太阳

我只取河边树林里闲逛的那一天
风铺在歌声般的水面
青蛙跳下水,又在溪石旁露出头呼吸

远处,蓝山肃穆;荆花在山坡上酿着蜜

山脚下大片大片起伏的玉米地
偶尔钻出两三个扛锄头的人
他们摘下草帽,用冰凉的溪水洗脸

我只取他们干活时淌下的一滴汗水
蜇眼,混合着不知悲喜的浊泪
风干在酸臭的衣襟上……

2018 年 8 月 6 日

盘古传

小老鼠偷啃人脚指甲里的昨天
教育家们掀开小孩子的头盖骨
倒入文化熔岩，在深夜
但愿这只是一场梦，笼罩巨人的国家
巨人的双眼闪闪发亮像星辰
一只手就能移动一块大陆，像抓起
一块果酱面包。（它的中指就是珠峰
跺跺脚就十级地震）但现在它保持
习惯性微笑，耸动伟岸的双肩
事务的积雪，在阳光下闪烁
它有一件老鼠皮风衣，也有小孩子
头骨做的手镯，它的恶魔血统淘洗的
时间让河水发臭，但看上去多么干净
多么年轻。它正在谋划全世界的大事
无耻的小麻烦靠边站。当它挥手
许多人跟着拍巴掌，但不知道
为什么要拍，也不敢轻易叫停
当它坐下来想喝茶，就有人送来

最后一条没有被污染的河流

有时，它住进你的身体，你就像一座

雨崩的杂货店。有时，它就是我

坐在街角衣衫不整抠着脚丫子

多少人骑着梦境从身边经过

瞬间只剩一地露水般的骸骨

多少人吓得上牙碰下牙，它开口

雷霆就带来父亲般宽大暖和的拥抱

洪水滔天，托着烂棺材板咆哮

2018 年 8 月 6 日

晨兴

蝉声泼向阳台的玻璃
是八月九日
报之以失眠后的疲倦

乡下老头儿投下火焰弹
电话线就是火线
炸碎伪装平安的昨夜。他说

孤独,煮沸孤独。那种噬骨的感觉
就像这初秋在恐吓

……但你要掂量,掂量
自己的钱袋
上帝也在掂量每个子民的幸福与痛苦

都有相同困境。都有
当一个人年迈,并且还有一点健康
就会时刻听见那声音

至少五个声部，吟唱

至少

要想掌握明天，就要独自走

更长的路，自己提着行李

到山里驯服猛虎

2018 年 8 月 9 日

光绪三十三年

一片做梦的土地
究竟颠倒梦想
万物都是同谋

信仰万仞虚空
或什么都不信
有节奏地打着鼾

作为一个失眠者
干脆开灯
读内务府进呈的图书

2018 年 8 月 24 日

附录：

光绪三十三年十二月二十六日（1908 年 1 月 29 日）由内务府奏事处交出的光绪帝朱笔所列的书目四十种①：

---

① 或者有误，从列出的书目上看似乎应为三十九种。

政治官报局刊印各书:《日本宪法说明书》、《日本统计释例》、《日本宪政略论》、《译书提要》、《驻奥使馆报告书》

商务印书馆新印各书:《孟德斯鸠法意》、《政治讲义》(商务印书馆1906年出版的严复的演讲集)、《法学通论》、《比较国法学》、《政治学》(原作者为日本法学博士小野塚,此书在日本为畅销书,商务印书馆1907年初版)、《国法学》、《民法原论》(原作者为日本法学博士富井政章,商务印书馆1907年初版)、《政治泛论》、《宪法论》、《行政法泛论》(原作者为日本法学博士清水澄,1907年初版)、《日本预备立宪》、《国债论》、《警察讲义录》、《日本警察讲义录》、《日本警察法述义》(作者为留日学生李凌云,1906年初版)、《自治论纂》、《宪法研究书》、《日本监狱法详解》(原作者为日本佐藤信安,1903年初版)、《万国国力比较》(书前注明译述者为出洋学生编辑所,原作者英国人默尔化。1902年初版,次年再版)、《政治一般》、《列国政治异同考》、《欧洲最近政治史》、《欧洲新政史》、《欧洲财政史》、《经济通论》、《理财新义》、《日本法制要旨》、《日俄战纪》、《最新战法学》、《德国学校制度》、《各国宪法大纲》、《英国宪法论》、《万国舆图》、《欧美政教纪原》。以上每种呈四部,并嗣后官报局有新印出之书,即随时每种呈递四部。

光绪三十四年正月十六日(1908年2月17日)内务府又补进五种:《日本宪政略论》四部,每部一册;《政治一般》

四部,每部二册;《欧洲财政史》四部,每部一册;《日俄战纪》四部,每部一册;《战法学》四部,每部三册。

——叶晓青《光绪帝最后的阅读书目》

天凉好个秋

要学习归隐于寂寞，即便
还没认识繁华
即便已经走过太长的路
一个人还要走更远
大地这样坚硬，有着
不能度量的贫苦
当四野虫声纷纷落下
孤月正值中天
是夜色高举石头酒杯
将秋凉一饮而尽
试着忘掉山水的形状
仿佛鸟影，仿佛虚空
穿过火焰的生活
正如遗忘本身，经过之处
无物存在，只剩
一片周而复始的焦土

2018 年 8 月 28 日

写诗

写一首诗,然后读它
第一次读
改掉几个标点
第二次读
调换几个词
第三次
删掉几个句子
第四次换了标题
放在抽屉里
一年,读第五次
通改一遍
再放两年
拿出来,后悔写这首诗
准备同样标题
重写一首
又一年,干脆揉碎了
一起扔掉
纸变脆了,一揉

就是一堆屑

像汉字的碎骨

一起碎掉的还有

与这首诗相处时的寂静

葬埋在废纸篓

一个下午,一周

不会有人知道

你写过这样一首诗

像不会知道

一个少女冒险堕胎

时的忐忑

就是这么干

一直这么干

计算周密,毫无瑕疵

2018 年 9 月 20 日

道听途说:某事件对一个灵魂的影响

忧伤长成了一个男人
抱着头蹲在街边

之前,他是婴孩
从襁褓里伸出小手
抓挠
这美丽世界

他的母亲递来了乳房
黑暗递来一盏灯

……在这儿,却再也想不起这些
只剩
阴影般的繁华遮住身体

像被拴起来的一条狗
忘记警觉的吠叫
倒退着,退向墙角

是谁带来那埋好炸弹的包裹
让从前成为羞辱
炸毁泥水四溅的大路

当他偶尔抬头
没人认出他,没人

他打算把自己藏起来
或寄给远方
像悼词投身无情火焰

他的抑郁症
呼应着雾霾天,在燃烧

2018 年 11 月 25 日

逃离

谁掌控钟表,谁就是上帝
或者说
上帝最初是钟表匠人
然后是钟表批发商
对讨厌的事物,他才不管它们死活
让它们与春天掰手腕
让它们输一百次
喜欢的,他会量身定制
让每分钟都像谷粒一样饱满精湛
藏着心想事成的庙宇
有时候他累了,打个盹儿
这世界就短暂失去秩序
成群的野蜂在花间嬉闹
并被开心的花蜜祝福
……当他睁开眼,有些愤怒
他说,像机械那样劳动
所有事物就都重新变回机械
七种爱与七重悲伤

按部就班。他命令冬天以钢铁意志
惩罚其他季节
他命令所有的人,他命令
谁要挑战,谁就要掌控时间
就要化作坏掉的表针指挥内心
管理
被禁止的暴风:审美与纯真

2018 年 11 月 28 日

干事，与爱无关

做一件事，有时在头发
有时在脸颊
有时在精神的敏感区
眼耳鼻舌身意
或随便什么工具。但你不能
总在敏感区
没人受得了这刺激
并保持兴奋度
很多时候，前因后果
想明白再干
过程，也要注意掌控节奏
分工明晰
方法正确，操作规范
保障权利、义务、责任
利益分配
安全预案与意外伤害险
尽量减少情感投入，更能持久
有些事

一个人干不好

多叫帮手,一起干

有些,只能自己搞定

多少事非关才华

只是雨点般盲目的经济学

2018 年 11 月 30 日

幸存者记

不幸栖身于活泼之所
比如学校。之前是猪圈和屠宰场
旁边的坟地,现在是居民区
我们相处的时刻
总有一些人在经历痛苦
总有一些事物离自己更近了几步
谁会在乎这些
月季花不在乎。小学生不在乎
教书先生们也不在乎
一切都很完美称心
但它悄悄用枯萎钳住你
的兴高采烈,慢慢施压
能听见骨头碎掉的声音
能听见心碎与被绑架的灵魂
浸透虚无,混入
日常的时间,散布流言
而你必须假装信任
甚至搬一把椅子请它坐下

喝杯月光白。它会说自己很忙
还要到其他地方去访察
请你在文件上签字
公事公办。带走想要的东西
把幸运留给少数人
它就是这样巩固自己的城墙
没办法,除了忙碌起来
我们也揉搓窗口的葫芦,作为
心理暗示与自我宽慰
很像民间巫术
白天光鲜到夜晚只算一种悔恨
总是这样,留给心灵的时间太少
它一直被奴役,早已
先于我们的身体死去了

2018 年 11 月 30 日

辑五

劈梅

致——

我迷恋句子,像迷恋一条小路
词语是路上的石头、屋舍
互相依靠的树
旁边,漂过静静的羊群
我迷恋这里的黄昏
风在吹,天空熔炼着柔软的黄金
给梦打造一枚露水的戒指
我迷恋你独自,从这里走过
像美,走向枯燥的生活
远远地看你,隔着
一棵树,两棵树,三棵树
背景是弯弯的山坡
我迷恋,一个可以容纳心动的深谷
为这篇独白放弃中庸的白天
被遗忘锁住的长夜
悄悄盛放火红的花束
……我把迷恋写成长长的句子
一直通向你的门前

是从西伯利亚跋涉而来的风雪
渡过百曲千折的水流
开开门,它们就融入你的记忆

2019年1月11日

无事抄经致蔡程兄

朋友说,少写情诗
少谈女人
真要无所事事就抄抄佛经
要如你的名
布一座安静的庭园

我说,是。不过
情诗所能保留的一点真
正是虔敬的初心
至于女人,是菩萨,也是佛

我欲以所谓的情热证人生之伪

朋友说,无非诡辩也矣
像美,平庸得让人疲倦呀

是啊,我的挚友

爱与生活都是一种绝望的诡辩

终将汇入对孤迈高迥的背叛

2019 年 1 月 13 日

像蓝茄子在秋风中招摇

有时也是绿茄子
有时只开紫色小花
看见弯腰走过的人
摇摇宽大的叶片

这是秋天秋风反反复复地吹着
秋雨滴滴答答洒落

蓝了茄子。这个黄昏是一座荒废的寺院
美好得只剩三两只跳脚鸣叫的麻雀
转眼就不见了

蓝茄子在秋风中招摇
靠着自己的蓝
旁边,一百年像一匹马走过千种凛冽

2019 年 1 月 30 日

讲故事的人

白天，搂着一架骷髅跳舞
你把她称作自己的爱人
你抱着她穿过青年人接吻的大街
一点儿也不慌张
你搂着亲爱的骷髅在老年广场
华尔兹，你搂着她的脊椎骨
你抓住她的指骨，一起迈着
和谐的舞步，左边，右边
转一个圈，你洁白的爱人发出
咔咔的笑声。你的爱人把美丽的骷髅头
靠在你的肩上，让你感觉她的轻盈
倔强和深情。你搂着她跳了一圈
又一圈。白天的音乐停了，夜晚的
灯光秀起来，你们一起
跳着。大街四通八达却渐渐空了
寂静的雾气开始蔓延
你用力地跳啊，把自己跳成了一架
骷髅。你把血肉都交给了爱人

你的爱人变成了一个可爱的女人
她搂着你跳舞,夜色加深了
灯光打着瞌睡。下晚班的男人看见一个
美丽的女人独自在街头
他搭讪她,他开车带走了她

2019 年 6 月 18 日

干草堆

一旦被凝视，这些干草堆
就隆起了教堂的庄严

秋日照耀，通体粉红
连粗糙也发出柔光
它们，一座一座
矗立，在收割后的田野

马车摇晃，运走了年年的收成与
饱满的种籽
运走了挥动的镰刀
和弯腰劳动的人，剩下这些

麦秸压着麦秸，堆叠
每根都有过不屈的挺立
倾吐过青黄的火苗
每根都曾迸射，美丽的麦芒
仿佛射中自我的箭镞

而现在,它们

瘦瘪的胫骨,横七竖八

被安置,被荒芜凸显

浑圆的尖顶,放射着乳房饱满的弧形

2019 年 5 月 20 日

暮色中的羊

加速了咀嚼。虫鸣与昏暗一起汹涌
鸟,惊惶地弹起树枝
散落在坡上的羊,像孤儿汇聚
集体漂移。在狭窄的山路上
它们又变为溪水,咩咩叫着,跳跃着
转弯,转弯,向下。羊蹄子
携裹碎石子踩着更小的碎石子
摇晃灌木丛。路上有雨,有风
抚摩它们灰暗柔顺的毛
放羊的人在后面跟着,拖曳时间带来的疲倦
羊群加快了步子,很快冲进粗壮的荆条
围成的羊圈:它们的出生地
栖身所,也是羊贩子偶尔光顾的地方
挤着度过寂静的长夜
放羊的人,一身羊膻味儿
他锁好圈门,暮色才轻轻下来
像个温柔可爱的女人

2019 年 6 月 15 日

磨镜记

土地积累着青铜,一粒一粒野史淬火
模拟儿女情长,空
锤子起落,空的流星
……你磨。磨着沉入夜色的寂寞
双股颤栗,磨着冻死幻听的窗玻璃
你磨!夜色磨着磨着就亮了
一嗓子鸡啼
黎明,一面铜镜;白天,几幕话剧
你磨?要把镜子磨成湖水。
要把白天磨成黄昏。呛人的金粉。你磨
以石头。以水。以青春至老病的时间
你停不下来!
手掌破了,流着血。背脊弯曲了
身体蹲坐如石似木,你磨。怀抱
破碎的事实。你磨,碎了多少雄性的落日
你磨,灭了多少白猿般的自己

也不能磨损,那镜中影像

你磨。这空镜子送给心上人。

2019 年 10 月 14 日

一个人的觉醒

要相信你是天选之人。命中有火，有水
有融合万物的孤独的星辰
不管听闻怎样的评见，甚或它们
把手枪、屠刀，白日梦与垂死人的号啕
摆在你的面前，模拟
奇怪的法庭来审判

要相信你自己，保持微笑！
要听从雷霆的箴言，在胸膛里击鼓
更要学会宽恕，收束天堂的闪电
焊接合金的月光与温润的泥土
你不是孤影彳亍，在黑暗中如烛光摇曳
你是整整一条自觉的支流奔腾

汇聚生命的元素。试着忘掉从前与现在
像孩子重新开始每一天
试着感觉，发现属于自己的语言
霜花，在玻璃上显影故乡的山水

去见证:你,唯一的,一个
单独的健全。生活之美丽与险恶

都在磨砺。田野上磨破手和脚
岩石上磨尖了一截乌黑的树枝
飞鸟的翅膀剪裁的日月,昏暗或明亮
你在云端俯瞰大地,又侧身进入
卑微的草木,栖身于生活底层
隐藏或体验着真挚的感情

这无形宗教,控制流水。它为激流
注入和平的光线,砌筑坚固的基石
在流动中变化节奏,应和神秘的尺规
修葺水影中宏伟的建筑。一个人
醒着:大海一样安静,蝼蚁一样谦卑
不停地弹奏内心的声音

2019 年 11 月 8 日

自叙帖

离灯光最近的人,也是
离自己最远的人
这一刻光照装模作样
并不提升温度。时间改变了天赋
冬天漫长得毫无头绪
必须以一杯冷酒去烧灼
阴影。骡马,人,猫和狗……慢慢
蜷曲为一片墨渍
它们,眼睛转动如瞎掉的星辰
它们,管高处的事物叫天宇
我有幸在它们中间
黑着。像白一样黑,不含杂质
暗暗生长出石头的骨骼

2019 年 12 月 8 日

家庭政治学
——回忆 1984 年

最大的政治,是一口铁锅
养活围绕它的事物

白米饭,啤酒鸭,水煮鱼
……当它将日子熬成
毒,喂内心的声音

暮色里,你匆匆赶路
暮色里,你有些年轻有些美

耽于一份玩偶制造的差事
它的白露,它的微霜,白虎下金溪

“多少年了,像守财奴。
驭使,洗涮,更换
似乎乐此不疲。”
翻动铲子,勺子。某些不可见的东西

也在暗处衰弱人影的灰

开始不是这样,而现在
“所有的都被煮透了!
飞走的时间留下坚硬的空缺?
不能伸手触碰……”

一道响亮的记忆涌入
又被枯燥的房门截断
夜色,如身体里潜伏的仇敌
从内向外张看:

电视。铿锵的步伐,像数学
抱着整齐的铁,在行进

少年时的一场大雨瞪圆眼睛
之前。乌云盖顶
天空倒扣下来,煮着一个黑白世界

我躲在玉米地里听见一种神秘
的召唤,此起彼落

2019 年 12 月 25 日

没有时间和语言的压迫

窗户说:灵魂自由的国度,没有时间和语言的压迫。①

房子说:我打开所有的门和窗户,请风雪进来坐坐。

火炉说:雪啊,你可以煮沸自己,沏一壶上好的碧螺春。

吉他说:我的六根清静,可以弹拨一曲浮世绘了,你尽管来听。

歌德说:我必须浮士德,非如此不歌德。

博尔赫斯说:把我的书放在火上烧吧,为我照亮这座图书馆。

---

① 语出窗户诗《水仙》。

戈麦说:对于我,诗歌是,一场空。[①]

椅子说:你们都坐下来,仔细听听这世上的沉默。

2020 年 1 月 7 日

① 语出戈麦诗《那些是看不见的事物(给西渡)》。

拆除黄鹤楼的过程

1

……从梦境出发，飞机。大巴车
上山，下乡。纪念馆。
博物馆。昙华林。小商店
背后的平民菜市场。共享单车
斜倚墙角。轮椅。婴儿车。
积水的暗巷，很窄。
裤子拼出的窗帘，乱线
切碎的天空。然后，黄鹤楼公园广场
拍照的人挥手与棒喝
撞钟的男女撞响春天的心脏
大笑切换内伤，纸版武墨太瘦
一秒少女，一秒白头老妪。邮政储蓄与
被寄走的明信片，写满心事
安慰孤单的身影。排队。远望。沉默。
闪光灯凝神，斯楼如昨天的按钮
精湛，大气，轻轻一按

物象化出,鬼蝴蝶扑地

沿岸房屋纷纷退入奔腾的江水

2

盛大拔地而起,仰之弥高。红灯笼悬挂

可以当游客的婚房

可以居住,也适合生育

廉政狂放不羁,拢卷乾坤

上面的人如蚊,指点江山入画图

指点皆虚妄。下面的人如蚁

手脚并用。彩色的喧嚣

更上一重楼。这些泥腿子

小商店老板,作家,铸造工人

食堂的大师傅,和尚与尼姑

快递员与无业者……这些大人物与

小人物,本地人与外省人

出世者与入世者

来了又去,去而复来

如四面八方走来的悬针,垂露,坠石

闪烁,晃动,惊讶,暮色苍苍

折钗骨,屋漏痕,出入重叠之古意

3

只眺望了一会儿。居民区密集
武汉长江大桥弯入天际
雾气疾行的火车,铸住武昌与汉口
风,带着长江的体温
持续拍打,一阵轰响的低烧
辽阔的N次方,是楚天极目
孤帆悬于我们轻轻荡漾的碧血
渐渐模糊。渐渐,我们的身体
也开始堆叠黄鹤楼的重檐
沉重,虚幻,光滑,孤傲展翅欲飞
到处都是水滴闪烁的针脚
远观之巍峨,局部之恢宏
怎么也看不真切
水泥楼梯盘转而上,现在又回旋而下
一阶一阶解释矗立的肺腑
苍茫向下,被简化为一种茫然

4

最后一次毁于1884年,仅存16年
封建大雨飘摇终化为焚心之火

这一年,距唐永泰元年已 1119 年
距三国初建时公元 223 年为 1661 年
距辛氏卖酒与黄鹤传闻更为辽远
现实从虚无里生长九颗头颅
精神的尺子也难以测度。直到
公元 1981 年,黄鹤楼重修工程破土
并于公元 1985 年 6 月建成
这座站立在蛇山之巅,完全由水泥钢筋
架构的建筑,突然惊悚
楼高 5 层,总高度 51.4 米,建筑面积
3219 平方米。内部由 72 根圆柱支撑,
外部有 60 个翘角外伸,屋面
10 多万块黄色琉璃瓦覆盖
如黄袍加身,一览江山小
京广铁路的列车不时从长江里开出来
从楼下呼啸而过,像一梭梭子弹

5

作为一座军事建筑,或因地势,屡屡
成为战争的生日蛋糕亦是必然。火光一舔
映红黄鹤矶边哑默哀鸣的黑夜,两岸
飘荡着权力的浓烟,竟也是民脂民膏

文人的雅趣,游必于是,宴必于是
必是浩渺烟波时的种种幻觉袭来
满身都是孔洞,漏掉半生时间,劫后
余生。鹦鹉学舌:芳草萋萋,日暮乡关
何处是,愁索乃埋入身体的羊群
在噬骨。吹笛人吹响梅花,落在身上
是霜雪,落在地上还是霜雪。必须
要拆除这座楼。必须,摘下它的铜顶
如摘下代代离愁的桂冠,遗弃在街边
供人抚摸、拍照、留念。必须全人类
从世界各地赶来,带着相机、手机
……去拆它,像去江边剥自己身上的老鳞
疼,但是过瘾;过瘾,但是心死

6

却也只是:爬上去,又下来
他们带着更多忧愁离开,顺走的楼影
终将湮灭于滚滚江水,像一片
断裂的琉璃瓦。黄鹤楼,在时间的
火焰中丢失了真身,仍然
矗立着最辉煌的虚无。必须拆除黄鹤楼
它太高大,不拆除就无法证明我们的

存在。束手无策！多少年，多少人
上去又下来，仍是束手无策
黄鹤楼是拆不毁的。水泥钢筋架构的骨头
更硬，更坚固。然而，这座
被传诵，被仰视，被震撼，被讹传
被憎恨的楼，在一些楚人心中，并不存在
很多人一生也只是从旁边经过
却从没有登楼的想法。他们把黄鹤楼
制成香烟，让各地的烟民去吸食
每抽一根，就有一座黄鹤楼被焚毁

2019 年 5 月 8 日

在茶餐厅为观察者留一个靠窗的位置

给他一杯咖啡,给他笔和纸
在临桌给他一对恋人
或母女,或父子。一堆纠缠的问题
织着忧愁或欢乐
给他一片降低到桌子上的云
光正从云层里透过来
照在昏暗的脸上
给他一阵风,带来花开和叶落
给他一本书,让他不敢从书中抬起头来
像那个不敢回头的人
当他抬头,时间就会停摆
给出的一切,他都会悄悄留在原地
像用空杯子压住买咖啡的零钱
给他下午,所有的下午都是黄昏
他离开时,所有的黄昏
都会渗入他的身体
在那里发酵,一个明天,又一个明天

2020 年 3 月 26 日

上阳台

四月四,上阳台。

风,传送呜咽的牛角。
阵阵锤击破损的耳膜。
全国和驻外使领馆下半旗。
汽车。火车。舰船。防空警报鸣笛。
人民默哀三分钟。

我在阳台上弹着烟灰,面对巍峨的九龙山
就要这样度过短暂的一生。

2020 年 2 月 25 日初稿,4 月 4 日改

石槽湖

杨树最先干了枝梢
杏树整株死去
石槽湖,俺爹包的山地
一百五十棵核桃树
死了一半

早些年,一家人下地
他像一只老猴子
每年要爬几遍树
让苦涩攥紧
一个秋天的思想

收集起来,装麻袋
背出山外卖掉
这一年活才算完

直到现在我还记得被刺棘
和汗蜂欺辱,和坠入

劳动的厌倦

唯一的
山谷。下雨的时候
瀑布
会跳跃出洁白的轰响
夹杂几声鸟叫
我在棉花般的水声里
洗过乌黑的双手

那时候,母亲
披着雨衣
剥核桃
像一尊泥菩萨
脸颊上雨水掺和着
冷冷汗渍

2020 年 2 月 27 日

劈梅

一株平装的梅树怎样才能
出奇制胜?
它从中间被劈开。

园艺师的锯子或利斧
动作娴熟,带给它
下行的雷霆,震颤直到根部。

住在他心中的是一个
神? 守着奇异的尺度
为美,祭上智慧与

残忍。在那巨大的创口
嫁接沉思的细枝
古老与年轻撮合

成为一个。在花盆里寻找
自我? 耄耋,虬曲,日后开出

剪裁得体的花朵

干完活坐在台阶上
他咂摸着汗涔涔的时间
能换回多少元?

这园子也像一只大花盆
他是一只鹤,收拢翅膀
缓缓吁请一个烟圈

2020 年 3 月 9 日

一个声音

白昼消退了,就消费星空
夜晚沉没了,就升起公用的早晨
在自己的身体里与浩瀚同在
骨头里的黄金像婴儿第一声啼哭

2020 年 3 月 26 日

中华鲟

水里有回家的路
星子洒在水的潜意识
日光镀在表层

水流向下的冲力
加强纺锤的方向感
拉拽一条看不见的细线

五月或六月
它们集聚在河口
十月，向上洄游

回到摇篮纺织
肌肉里关于爱的记忆
从白垩纪开始

直到三峡大坝
像一把铡刀

咔嚓一声斩断江水

巨大的泄洪道
这唯一通途
喷吐万钧雷霆的大门

不能被跃过
仰观星河,低头
猜测,和感觉,徒劳地

在那里
浪费着时间
像一群丢了魂的孩子

髭着胡须,脖子上挂
钥匙,尾鳍摆动
成了生锈的摆设

被控制的水流
在水泥结实的胸怀
积攒着能量。闸门开启

江水向下倾泻着
打了激素似的
舔向天空的浪头，互相追逐

渐渐汇入坚硬的平静。长江！
伸展着壮阔的身体
仿佛什么也没发生

没人知道水中的事情
而另一种同样古老
神秘的生物

白鳍豚，在这里生活了
两千五百万年
现在，已基本绝迹

2020 年 4 月 5 日

辑六

变奏

蓝色铃铛花

透明钟声倒挂下来。快速流失的早晨，在一片繁文缛节的山坡，遇见精湛的蓝。安宁聚成一滴水，在花瓣上晃，欲念开启，又突然坠落不见，像从没有过一样。我的心在这丧失中紧张着，几乎不敢呼吸。整座山峰忽然静掉，只剩面前几朵花互相碰撞，互相亲昵。世界的枯燥与繁大，正小到极致，一个无垠的尘世在小中张开。它带来全部的美，我也跪倒在它的裙边了。透明的蓝倒挂下来，一座充满爱的庙宇在流淌。钟声，在雨后的草叶上散步。

2016 年 9 月 18 日

关于风

气象台说有风，就真的有风。在街角给老妈烧纸的时候，风从胡同里左拐右拐决堤一样冲出锋刃。火焰，这倔强的邮递员舐舔刀刃上的流光，擦出火星四溅的小溪，瞬间熄灭银河。当最后的纸灰被吹入空荡荡的路口，我们起身。天寒了，多加衣，妈妈。风小了一会儿，我们迎着风，走回晦暗的小路。

2016 年 11 月 7 日

会中杂记

像不像一池聋哑的泉水，冒出黑压压的沉默？说吧，说呀，找不到自己的嘴唇。听吧，听，路边的小树支棱着耳朵。要不要拦住这条锈迹斑驳的河水？要不要从柔软的铁里抽出刀子？左手要不要握紧发抖的右手？这沉默已经够重。这心已九曲十八弯。这黑暗煮沸的热吻：冒。冒。冒。

2016 年 11 月 7 日

神授

神借我的口诫告，神是我的右手，人间是我的左手。我双手互助互搏。神要说出什么，我只听见自己的声音。一条狗走过篱笆门。神命令笔写着什么，全是我脑袋里发霉的记忆，一册长着苔藓的书？一条狗走过铁门。神要我忠实于触觉，所有苦涩、失败、黑暗、质地……各有其美，各种背叛离散。一条狗走过玻璃门到我身边卧下。它舔我的手，眼神非常温柔。

2016 年 11 月 7 日

河边棋苑

木亭子。木亭子。水泥棋盘。水泥凳。木凳。铁凳。河水一动不动。风摸来摸去。老爷子们来来去去。黄昏一样褶皱的老爷子们,满脑方格子,战鼓喧天,气氛惨烈。窝囊一辈子或风光一辈子的老爷子们无聊无奈无所事事,陷入与时间的鏖战。有时楚人,有时汉人;偏袒胜利者,假装同情失败。旁边的河水又傻又呆地瞪着他们,瞪一会儿就瞌睡了。风摸来摸去,偷偷改变每一盘棋的结局。

2016 年 11 月 7 日

湖

一面镜子。一阵收敛了旅程的风栖落的洼地，收集游人的注视。它创造的静态美撼动人心。人心栖息在一棵树上，这棵树由血水和月光构成。我们到达湖边，手拉着手互相眺望，眼中闪烁着不相识的蓝色火焰，天空与水的反光。有时，我们会独自走向它，试着重新认识。不知道能收获什么，不会收获什么。一片洼地因为水的缘故仍在闪烁。

2016年11月11日

金鱼的葬仪

在最后时刻它挣扎。之前它驾驭时间，像蝴蝶御风。之前它如此自在，用一只独眼探索水域平整的边界。生活就是从一个小鱼缸，到一个大鱼缸，再到一个更大的鱼缸。而真正的问题是选择在哪只鱼缸淹死自己结束这一切。它浮起来，微微摆动鳍，沉下去，又浮起来……世界正从它的独眼中褪去。其他的鱼已经开始吻它，致命的吻。它活不过这个早晨了。其他的鱼将剔净它的鳞片、血肉，在水中葬下它洁白的骸骨。残缺不全的骸骨。这个早晨，一个人的注目，即是它回到原子的礼服。

2016 年 11 月 8 日

在纸上

一个字挨着另一个,它们一起产生意义或者集合更多的字产生意义。比如“小”和“布什”一起,指向明确有血有肉。比如“萨”和“披”产生摩擦变成一种意大利口味的食物;而和“达姆”摩擦起电,则让人想起伊拉克经久不息的腥风血雨;和“拉”相合,则让人想起蔚蓝的天宇、白色宫殿和诵经声……但是,当它们各自保留自己的孤独,并不交融或相遇,就会回到意义本身。譬如本,原意是草木的根部,用灵魂吸取土地中的黑夜并酿造某种风景元素。许多字汇合在纸上,纸上便会有声、光、色、味、触、法……汇合成一种寂静;像人从动物中间走到人群的悔恨中来,慢慢降下了高贵的神性而步入没有尽头的平庸。到达纸上的一切都会相安无事。杀手和被杀的人,皇帝和被他推翻的王朝,刀子和肉体。它们被封闭着,而写字的手让它们一次又一次从黑暗中复活。

长象腿的女孩

许多年前,一个长着象腿的女孩攀爬一棵视觉之树,看起来相当笨拙。爬了许多次,也只是抱住树干,但她还在爬。她的眼神干净,没有多余的欲望,也没有暗暗凝结的冰。已经是全部了,已经。事实上,她走路都是问题,一年四季都在床上,变成一个家庭的巨大负担。不难想象,一条病腿正在拖垮一个世界。这就是一切了。这就是。只在偶然间日光从她的脸上反射过来,因为她的微笑。李宁牌球鞋说,一切皆有可能。但她的一只脚再也穿不上鞋了,另一只脚也就成了摆设。她的困境与我们的生活大致相似。像展示她的荧屏一样,不会记住各种面孔的观众,她也不会记得像我们这样的人,因为我们并不存在。我们呢,在自己虚构的权利和义务中悄悄活着,只是活着。

2016 年 11 月 16 日

凤凰

他说,你活在诗人的形式里面去了。是的,我写诗。我钟情于表达。我做自己喜欢却并不擅长的事儿。此外,还有什么值得赞美、享受、注目?我忘掉在世人眼中这只是一个角色,于是,我常常本色出演。这有什么?用诗活着,比用别人的灵魂活着更恰当。他说,你觉得毁灭才是美,我的兄弟。我无可辩驳。因为我似乎说过"毁灭与爱在同一纬度"这样的傻话。真相不是这样吗?地狱与天堂同时存在于一个人的言行中。这就是真相。我又有什么力气去分辩,何况也没有耳朵在听。他说,有许多美好的东西你不会欣赏。这倒是真的。一个人活过几十年就会活成一只筛子,总会错过一些金沙。活了这么久,我们又何必看别人的脸色。因为喜欢,看了也就看了;不喜欢的,转身就走。我见惯了伪善,也能猜中每个人的心思,但我只想闭着眼睛享受一点私人的日光。在一团熄火的灰里体会最后的温暖,我不必知道自己能否让火焰重生,火焰自己也不在意。

2016 年 11 月 16 日

晨兴:亡者独白

一只死鬼高压电一样通过灵魂。一只死过一百次的死鬼借一群脆弱的灵魂复生,若黑暗的秋夜滚动一颗月亮。来不及躲闪,当你沉入某种吊诡的情节,当花开对凋落冰一样微笑。一只死鬼借来沸腾的灵魂若食饮一杯烈酒,他已经醉了,步履蹒跚,且像罪犯一样不可宽恕。他将负着越来越沉的矛盾继续流亡。一个灵魂高压电一样经过死鬼走过的沟壑。

2017 年 9 月 7 日

看着看着就只剩下看

野狗争食。一块骨头拴在一根无形的线上。一块鬼的腿骨。野狗野得只剩一张血红巨口。四面八方涌向一块跳动的骨头。野狗争食在铁水四溅的斜阳里,一个人影自旷远中升起,他看着野狗们以死相搏。他一无所有地看着看着就没了眼睛。黑暗里镶满了野狗的呜咽。黑暗裹住他若困住一根拴过马群的木桩。

2017 年 9 月 7 日

晨兴

闲时多留意高蹈的秋空。像此刻我抓住的窗子,瘦高的路灯和屋顶起伏的造型被早晨照着,一半橙黄一半紫。高高的摇碎日光的树冠与我的心跳平行。不知谁发出声音,像婴儿的手指敲了敲天堂的玻璃,天蓝得一尘不染了。不同于昨天午夜,一个同事说:看,云。我又从楼道里伸出几米长的脖子去看:一卷一卷一卷一卷地铺入黑暗里,东边却是云破月,月破云。许多事都是可遇而不可得,许多人也是。只是在长长的时光的洪流中,这个十分钟我曾独享,朦胧想着一个朦胧的人。这个人若有感应,当知晓我曾经的一点清闲,因其而兴而摇碎飘飘荡荡的秋色。秋天,是渐渐深了。

2017 年 9 月 6 日

午夜

窗外有虫声宫商角徵羽,也有月光透过窗帘琴瑟琵琶,可我的心是烦乱的,神魂不定,恍兮惚兮。于是,天地仍是一方清静无趣;于是,我想被黑暗抱着入睡而白天迟些到来。这念头相当虚妄,甚或自欺,事实早已如是。我真是懒懒地习惯了颓唐,只把荒废了许多年的人生铺陈出一层茸茸青苔。过去这么多光阴到底算不算生活终究是可疑的,居家时若此,外出亦若此;睡时如是,醒时亦如是。我的身体也只能算一处居所,它在床上休憩,另一个我就坐在屋顶上,独自凝望半璧冷玉自墨绿的寂然中洒下清辉。我总用一半儿的命在活,用另一半儿的命去死。人生到了中途,前前后后都是一样茫茫。这个午夜是中元节的午夜,念亲的火焰也全都熄灭了,过了十二点,又全是无尽的人时,我栖身于其中的一羽昏暗,一梦又天明。

2017 年 9 月 5—6 日

下午课:沦落了多少他乡明月

最大的问题是反抗幻灭感,在我是不可抵挡的。四十年来,一切就快放下的时候,突然又放不下了。窗外的花木在春天开过又灭了,现在它们就要放下夏天的回响,回到冬天的岑寂中。我最热爱的事物也正轻轻收回它们的热情,仿佛兴高采烈,其实郁郁寡欢。这就是我所知道的事物,这就是它们映照出的我的样子。而生活啊,波澜不惊;而生活啊,一丝不乱。

2017 年 9 月 5 日

午课:一个人看山去

一个人与自己谈论也就够了。一个人总在试着说服自己,去信这个世界。那么,什么人值得爱,连仇敌也值得你无私的赐予;什么人值得憎恨,只有自己最值得你憎恶吧。但我瞬息又忘掉这些了,选择性遗忘。生活似乎已重新开始,天地都是崭新的。仍然,一个人与自己谈论也就够了,因为世上的话题都是旧话题,谈论仍在重复它们的肌理与细节。或许,从前的时刻都谈过了,现在只想闭着眼睛离开。远处,有几笔淡而又淡的冒着烟云的米家山水。

2017 年 9 月 5 日

午课：午，午后，从此以后

像云一样忘乎所以，就这样深爱着天空般的绝望。还有什么可以让人去诉说，当我对尘世怀着一种深深的恐惧，当我在平庸中零落为泥为随风而去的尘土。今天我看见了什么，在那双眼中，昨日一闪而逝，明天荒无人烟。转身的时候，仍见劳动的人在铁架子上劳动，日光灼烤着他们。转身的时候，天上的两片云呆愣着，是两条鲸鱼的魅影。其他一切都好，其他一切。我想自己存在于一种扎根在记忆地层深处的悲剧，这样原本也是好的。只不过因为孤寂涸开之时，我仍沉醉于它无声之叫喊与血红之燃烧。这让我见识了毁灭，一阵风吹疼了膝盖。人啊，终究还是要抛弃旧有的阴影去面对光明的时辰，而那时辰或已过隙，或将永不到来。

2017 年 9 月 5 日

散步时想到的

新桥大街上的每一家店铺都有自己的气味。新桥炸鸡店总在众多气味中脱颖而出,勾掉一队又一队贪吃的灵魂。这气味掩住楼上一元利羊蝎子的浓烈,也掩住了旁边金凤成祥糕点的甜蜜与同仁堂分店古朴的中药味,甚至也掩住了京客隆超市的喧嚣,而独成一道景致:在不断变幻的时间轴上,一个几平方米的可爱坐标自然形成,影响着新桥大街上人工河流的口味。当然,也有老顾客不再回来,却总有更多新顾客加入进来。不知何时,气味也成了一种依恋,成了记忆的一部分。或者,老顾客们购买的只是一份记忆,并在慢慢咀嚼中,在味蕾的活动中,从前的某个时刻就会悄然回来,道不尽的滋味涌现心头。我宁愿相信这就是事情的真相:当某种事物显示出永恒的样子,就会散发出特殊的魅力。不过让人感到遗憾的是:没有什么事物永恒不朽,一切都在变化中速朽着。内心就会因此而突然多了一层淡淡忧伤。

2017 年 9 月 5 日

晨课:对酒

昨天上午提到对酒。我说,酒大概是不能畅饮了,即便心底压着千愁但求一醉。自此我也算是一个清楚明白的人,清楚明白到没意思。但凡清楚明白的时刻都无趣,有许多时刻需要一种混沌,像莫奈的画,像顾城后期的诗,美轮美奂,不知所云,欲说还休。一条路在一面墙壁面前断掉,一个故事突然就有了结局,一个诗人突然仙逝而被盖棺定论。于是,世界就少了许多可能性,可能性催人年轻,而现在又少了几种年轻的理由。但心底的千愁仍在寻着一醉,虽然明白那根本算不了什么,算不了什么也无法忘掉的淡淡的普洱茶气味的月光晕染开的天色。还是说喝酒,我喜欢畅饮欢叙。所谓畅饮,乃是两三旧友对酌,一瓶啤酒大概可以喝一宿。那是许多年前的事了,所叙也已断片,只剩一幅潦草的对酒图。人生大概有许多这样的片断历久弥新,是岁月无法消磨的。像一个住在恋爱里的年轻人,目之所及,耳之所闻,心之所思全是恋人的形貌;也像我这样突然年岁大了，到处就只见孤独。有许多次，你坐在对面像一轮明月，而我从酒瓶中倒出一杯又一杯乌云，我们喝着喝着就都醉了，这样似乎很好。也有许多次，完全不必对酒，想想也就醉了，原来生命也是一壶浊酒，人生只是一种特酿的余欢吧。很羡慕那些鲸吞海饮的豪客，因为自己忽然又迷上了清茶，从此酒友零落，风马牛不相及。酒饮到极处乃是遗憾，茶品到妙处似云淡风轻。而我念念不忘酒气冲天的时日毕竟远去，只剩下一阵又一阵的念念不忘。

2017 年 9 月 5 日

在凝固的时光里虚设旧日

怀旧主义者沙米在马厩里遇到一只甲虫，他并没有忘记它的名字。他记起它出现在卡夫卡小说里的日子不禁哑然失笑。但是，很快的忘却找到了他，他就把刚才的一切忘干净了。而那只他认识的甲虫就从他的胯下仓皇地逃跑了。当一只苍蝇恼人的歌和新鲜的马粪的味道钻入脑袋，他忽然困惑起来，不明白自己怎么就到了这里。于是，他使劲地想，早晨起来之后的诸多细节：他怎样从一本写满关于他的故事的书里起身，像平常那样穿好衣服，刷了牙，把卷曲的头发弄得蓬松一点，又吃了早点，打开一扇黑色大门亮晃晃地走了出来。那时候他心情很好，所以他所见的地方也都是好的。他在街上走，听到有人亲切地叫他的名字：沙米。他记得他和那个人在河边钓过一次鱼，就冲他微笑着点了点头。后来就经过了市场，在那里闻着新鲜蔬菜的味道，沿着这种味道他回到儿时的田野，与蝴蝶与狗同行的岁月……但是，一阵血腥味和难闻的大蒜味将他拉回了现实。现在，他站在一个卖肉的摊子前，一个肥胖的女人拿着菜刀正盯着他看。他忙掩着鼻子走开了。他感觉那个女人的目光依然钉在他的脊背上，像蛇吻。后来，他去看望他的母亲。他的母亲是一个可以变幻的仙女，他去的时候，她正变成一只长翅膀的绿色老虎，在院子里飞来飞去，不时发出欢快的吼声。他从门外看到这些就离开了，她的母亲不喜欢在自己变化的时候被打扰。后来，他坐在一座花园的长椅上度过上午大把的时光，阳光斑驳地照在身上，像照在一条初生的小河里。沙米就在这条自己的小河里，翻拣着许多过去的影像，一个接一个地放在嘴里咀嚼出各种颜色与滋味来……也许沙米已经忘记了，不久以后，他将以一种特别的身份出现在一个陌生的马厩里，而后像上面一样回忆着旧日时光——

2009 年 4 月 27 日

辑七

论诗小札

诗歌与人

当代人的精神与肉体是剥离的,诗使它们重新合一,所以诗是“天国与地狱的婚姻”(威廉·布莱克),并且必将使之扎根于坚实的土地。

诗歌的精神,是人的精神走向神性的灯塔,诗是纯粹在闪光在烛照,这光有时不含有一点杂质,有时富含矿物质。

分裂也产生诗人,天国精神虚无的高蹈也能产生抚慰,地狱精神冷峻的实验也吐出真挚的歌吟。

诗人的属性与诗歌的属性,具有同一性。也就是说,什么样的诗人将写出什么样的诗歌。人,即是诗歌本身;诗,即是人。

伟大的诗人必须是诗与人的高度统一,不断统一,用尽整个生命与宇宙去统一。

诗人是钢琴，当他弹奏就是自足的宇宙；当他沉默，就是准备自己鸣响的钢琴。诗人弹奏自己的昼与夜，必须坚持以自己的手弹奏自己的心曲。

诗人，只有他的诗在判断他是诗人。当他写诗，他已接近诗人。当我们读诗，其实是在称量里面的真。真，即是诗的黄金，也是诗的灵魂。

诗是一种气。它带着天地的气场，则具有天地精神。它带着宇宙的气场，则具有宇宙精神。

有些诗壮怀激烈，有些诗浅斟低酌。诗人，能够命令江河捧出泥沙歌唱，也能引领群虎去细嗅丁香。

必须允许诗人自由创造。没有自由就没有诗，诗必须是自由创造时的节制，诗没有统一规则，但好诗有共同的品质。

真诗人，即真人，诗以求真，道存于真。伪诗人，即伪人，诗以作伪，道丧殆尽。诗与真二选一，要选真，诗是真的肉身。

所有的人都具有诗性,但大多都被现实遮蔽了。遮蔽了也是诗人,如果他与诗合为一体,心灵相通。

诗的独特性与创造力,引诗人独上高楼,远眺八极。一旦诗人丧失孤独的勇气,就会丧失独立性,就可能会被腐蚀,被同化,就会像游荡在城市里的陌生人一样,陷在嘈杂里而不能自拔。

诗人要有反叛精神,反叛即是创造。旧路不通去找新的路。诗,会带你前行。

画地为牢不可取,唯我独尊亦不可取。诗,就是来打碎桎梏与枷锁的,当然,必须通过语言的野兽去寻找广阔的新野。

诗人的反叛精神,通过语言的创造来实现;诗的反叛,往往超出诗人的预断。总有一种神圣之物,借诗言说。

诗人,是一颗自由心灵的终极选择,然后,诗歌突然来到心中。

诗是朝圣之路,同时也消解神圣。诗告诉诗人,神圣即是自己的赤子之心,赤子之心是烛照黑暗大地的不熄火炬。

2019 年 4 月 15 日

诗人与时代精神

1. 这是一个大时代，也是一个小时代

转型。变幻。经济。个人化。小人物。同质（城市）。扭曲。信息化。便利。科学。孤独。痛苦。欲望。物质。透明。压力。隔离。生活方式。谋生方式。娱乐方式。光鲜与幽暗共存，浮华与宁静争吵。

诗人何为？见证自己的存在。通过真的诗来表现这个时代的大，也通过真的诗来展示个人的小。

但是，诗人必须要重新认识真、理解真、表现真，要有担当的勇气与情怀，这些通过诗艺来展现。

诗人要赞美对个人的发现，也要警惕个人的狭隘与偏执。

宏大给人震撼，但感动仍是水泥台阶缝隙里开出的一朵小花。

2. 这是一个好的时代，也是一个容易变坏的时代

巨大的机遇与投机，大河奔腾与泥沙俱下。皆是一种必然。

物质与精神生产出许多畸形儿。

繁华的景致掩盖着个人的失落与忧伤。

传统的丧失让人失去了根脉。

乡土的大树轰然倒塌，许多人背井离乡变为四处漂泊的浮萍。

巨大的变革，让人惊惧、迷惑、找不到路。诗人重新去发现与寻找是必要的。诗人要站在中立的立场来表现，客观呈现真相。他的诗应该是天平，左边是良知，右边是现实。

诗人要小心地守护自己的真，来表达这个时代的声音。他以小来歌唱这个时代，抚慰这时代，警醒这时代。

诗是一面充满警惕的镜子，其声音是多元的，丰富的，充满生命质感的。诗是从鱼的身上剥下的鳞片，做成警觉的血衣。

诗人，以诗从善，反对种种恶。当然，诗仍然要回到诗的本质，不能做道德、政治、宗教的传声筒。诗，自具思想。

3. 诗与诗人在时代行走

诗与诗人在相互寻找。每首诗都带着这时代的烙印，缝补着生活的缺憾，感觉着生命的萌动。

诗人要做一个冷静的观察者，又要亲身去体验这时代的冷暖。

诗要有骨气，有血肉，有根脉。骨气即担当，血肉即鲜活的当下性，根脉即植于大地的精气神。

诗人，必须保持独立，去语言中崛起一座孤岛，但是要轻如飞鸟，去读懂大海、陆地、与天空。

诗人要生成自己的判断，这判断是对真理的

探索，是朝向远方的道路。诗无止境，诗人永远在狭窄的路上。

诗人会通过强大的整合能力重塑时代精神，在大地上行走，生产好的诗歌。

2019 年 4 月 23 日

诗意的消解与事实的诗意

何为诗意？我们所认同的诗意是否真的具有诗意？这样的诗意是否抵达了语言的边界，并试图创造新的语言？

惯常的诗意是否已经让人疲倦？整夜在外面徘徊，不能找到开启心灵的暗门。惯常，是一个失去乐园的凡人，再也不能在黑暗中闪光。

要打破惯常，就是要不满足。就是无数次从习语中出发，去发现，去创造，去开拓。要以刀斧或锤子，要以头以血。

习语也可能是蹊径，试着激活它。中西医结合混合式疗法或者有效。蹊径是一种生，是一线生机，而后再保留这一线。宽阔则生硬，狭隘则丧失。不能多，也不能少。

长年写作的人会麻木，丧失敏感度，这敏感度最接近诗的真。失去了真，就是在历史的情境里绕圈子，意象意境都不能出新。

整体的诗意永远大于局部的诗意。缺憾的整体也是整体，比如断臂维纳斯，比如罗丹的巴尔扎克像，要学会壮士断臂，要学会集中精气。

诗意是不断延展的，不断扩大的边界有许多未知的审美，这审美带来新的诗意。或者，这审美并不美，却在更深地抵达真与美。

许多事物自身即是诗意的，不需要雕琢与加工，要学会发现并保持事实的诗意。它们本身就是矿脉，挖出来就是新鲜的语言。

还是要回到写什么与怎么写，无数次地返回再出发。消解从前的认知，刷新固执的认知，达到创造之境。要尝试弄假成真。假是天堂般的预言，真是被火焰禁锢的事实。

2019 年 4 月 28 日

后记:少年在民间白头

一

事实上,任何个体都想找到一条通向自己的秘径。为此,他必须付出全部努力,而结局却未必如愿。

当一个人走在荒凉的山水中因疲倦而驻足的时候,路边的杨树上突然落下几针鸟叫,仿佛不知道忧愁似的,足够让人定下心神快乐几分钟、几个时辰;或者几天以后,背负重物再次经过这里,依然会不由自主地抬起头来,尖着眼睛寻觅。

风翻看着白杨树绿色的叶子,读着叶脉里生长的故事,像个没用的算命先生,虽然他通晓一切秘密;顽皮的阳光在上面悠来荡去,是一群孩子,整株杨树就像一座乐园。此外,就没有什么了。那曾经触动过内心的声音,已经沉入了记忆深处,并一直向着更加幽暗的地方沉落。

一个人就是这样在自然中,短暂享受自然的赋予,也融入自然成为一个活的细节。

他与自然互相关照。倘若他想表达自己，对着莽莽群山吼一嗓子，绿色就会一路滚下去。倘若他想告诉别人自己的见闻，他又该怎样表达呢？他要怎样对那些弯腰劳动的人，或者繁华中闪烁不定的人形，诉说这样一次微不足道的“奇迹”？

劳动的人通过劳动换取报酬，闪烁的人以闪烁增减繁华。

他找不到可以倾听的耳朵。甚至在大多时候，连他自己都忘记了，那曾经发生的瞬间与他的生命已经毫不相干。

他会离开自己越来越远，所有的路都通向远处，即便再次回到原地也不是原来的那个人了。

这就是我们目前的境况吧：心急火燎地把自己献出去，带回来的大部分事物毫无裨益，只是加重心灵的负担。

就这样日复日，年复年；就这样生命变得死气沉沉，很难显露个人生命的光亮；或者，生命变得色彩斑斓，却与内心的安宁失去关联，个人只是五光十色中的一粒注定被沉淀的色素。

除了干活、索求、平庸地活着，还有什么更有意义的事情吗？

一个人像沙堆流失着，真正属于自己的部分

越来越少，该抱怨和诅咒命运的不公了吧。所有失意的经历演算着悲伤和懊恼的小游戏，翻过溃败的堤岸向内心汇聚，冲毁卑微中的希望，放大兴高采烈与无可奈何。

他须仰面平身为舟，挥动双手以自渡；他须驾驭自己的身体和思想，穿过浊流完成这行动。

于他而言，诗歌的阅读与写作，像一个突然光临的奇迹，一次自我拯救的行动。它发生于对自我的审视与自然的对话中，慢慢扩散开来；它与身体和心灵的关系如此亲密，像情侣也像仇敌，它同自己争吵、和解，不断反对自己，不断修正和塑造自己，成为与自己心意相通的知己和密友，在平庸的现实中发明一个更完全的人。

这个人不仅拥抱自己，还应该能够拥抱身边的世界。

这样的行动，本身就是一场修行。无论是否意识到，是否愿意，他一直走在这条路上。

二

声音作为心灵最基本的单元，是最初的也是最后的元素，构成生命风景，彰显人的存在。然而大多时间，我们被大众词语引领着，走过车水马龙的人云亦云。

或者无声地贪生，无声地赴死，这是个人最大的悲剧。像父辈那样挣扎着活，拼命超越他们，最终却发现和他们走在相似的路上，这是不是非常让人沮丧？

那么，你该怎样证明自己是一个独特的存在？你的生命与他们有着血脉关联，同时又完全不同于他们。你，只是你，唯一的一个，有着丰富的精神空间足以安身立命？

当你带着批判或赞美的目光去观察和体验，当你从失语的状态中醒悟，具备了感受与表现力，你是要超越所见，还是要与他们保持平行，或者蹲下身子仰视所有的存在？这些姿态都应该具足。

万物非明镜，万物皆明镜。在镜中，你会发现自己也是一面镜子。仿佛角色入戏太深了，你要从扮演中卸妆，还原成本真的你。

要知道一个人并不比一株草、一棵树更高明，而你遇见的那株草或那棵树，也会像引领但丁的维吉尔或贝雅特丽齐。

幸运的是，在我迷茫的少年时代，诗歌一直在引领我行路。从课本里为数不多的诗文中，我发现了自己的热爱，并开始追随他们的脚步。在这条追寻的路上,我寻找着为数不多的读物,慢慢发现、接纳自己,渐渐能够表达自己和身边的事物。

这真是一个漫长的过程。尤其在没有买电脑之前,写写涂涂并不让人愉快,几乎难以成篇。从1996年一直持续到2004年,有八年的时间,除了阅读了一些文学作品,我在写作上没有任何进展,眼界和写作量跟不上去,作品质量可想而知;真正有所进展是在2004年,我买了一台80G的电脑,开始磕磕绊绊地上网,并用电脑大量写作,当然,那一年的作品值得保留下来的也不过十几首。

从那个时期到现在,又过去了十八年。这十八年中有沉迷、疏离、怀疑、失意,也有诗歌给予我的奖赏和鼓励:写出一个好句子或让自己满意的一篇;因诗歌结缘一些热爱诗歌而从未谋面的朋友;更重要的是我的心在阅读和写作中渐渐安定下来。

我决心成为心目中的那个人:一个诗人。

2013年,我离开了自己工作了十九年的深山区(这个我从十八岁开始相濡以沫的地方),来到门城镇地区工作。我用两三年的时间做调整,渐渐恢复诗歌写作的能力。在这里,不得不提的是写作工具的改变对诗歌写作的影响。

诗歌生产常常受困于条件的限制。诗人艾青床头的铅笔头，和我们现在的电脑和手机一样，让突破时空的局限，朝向自由抒写成为可能。

手机的即时记录功能，让它成为我诗歌写作最重要的辅助工具。这也是我最近几年写作数量提升的一个原因。于是，诗歌渐渐成了我身体的一部分，像呼吸不可或缺。常常在公交车上，散步和呆坐以及阅读的时候，一些句子不由自主地跳出来，有的成为一首诗的局部，有的随风而灭。

当然，每次写作的时刻，都调动着人生的全部经验，体验着诗歌带来的巅峰感受；同时，我自己也对此保持警惕，避免滑入写作的惯性，因为诗歌本质上是对生活的深度综合性创造，是对精神的最高慰藉。作为一个多年的诗作者，我一直努力保持写作的初心，并付诸坚实的行动，不断探索和发展诗歌写作的可能性。

三

进入二十一世纪以来，生活发生了巨大的改变，忧喜参半。城市化的进程深刻地影响着农村的生活，回到村里的时候，我感觉自己更像一个闯入的外人了。

而在城市的边缘游走时，又感觉自己仍然是那个单纯的农家子弟，总有些格格不入。然而，城市终究开阔了我的视野，它引起的巨变也引我重新反思乡土的价值。

于是，在曾经的记忆和现实辗转中，我开始有意识地对门头沟这片土地进行凝视，用心关照。

在城市机器的巨大轰鸣中抬头看云，站在行道树下躲避一阵急雨，或者回到身边的山水中，对一棵树、一座山峰行注目礼，蹲下身询问一朵小花的名字，向迷失在林间的蝴蝶问路；观察工地上劳动的人、路边下棋的老人、上下学挤车的孩子，走进熙熙攘攘的农贸市场……一切事物又都这样朴素地存在着。

我对所有这些事物充满了感激。

朴素的生命仍然慷慨地呈现他们自己，整个大地仍然显得生机勃勃，从未因为我们的逃离或出走而发生本质的改变，发生变化的只是我们自己的心境。

而所有这些平常的事物中，又都隐藏着生活的秘密和因果，仔细分辨就可以在里面有所发现。但所有发现和表达都并非轻而易举。

我当然可以成为一个愤世嫉俗者，因为我看

过和了解一些痛苦，可是我是否应该将这些经验都变成警觉的文字？似乎这样仍嫌不够。

当我们欣赏梵高、贾科梅蒂、莫兰迪、黄宾虹、常玉、罗中立等艺术家的作品时，所激起的感情是丰富的，他们为诗歌的精神呈现了不同形式的可能，让我们仍然能够对所处的时代报以期待。

“生活在低处，灵魂在高处。”梵高在给弟弟提奥的信中如是说。关于这一点，我想可以做到，并且能够尽力做得同样优秀，这是每个普通人都拥有的能力。正因为如此，所有的普通人都值得我们用心关照和热爱。

四

最后，谈谈《磨镜记》这本诗集的出版。这本诗集和我的诗集《加冕礼》创作于同一时期，均以2016年到2020年期间的作品为主体，两本诗集可以互相参照。在这里要特别感谢西渡老师，他不仅为我的诗集《加冕礼》倾情作万言长序，对我的写作给予鼓励和肯定，而且为《磨镜记》这本诗集争取到了出版机会，并再次在百忙之中写下长序，其中颇多鼓励和赞赏，让我感到惭愧，毕竟自己的作品鲜有发表，且在诗歌界籍籍无名。

这本书的出版于我就是一个不可能中的奇迹。

为尽量保障作品质量，我从 2016 年到 2017 年创作的一千多页作品中筛选出现在的规模，并做了统一修改；为展示近年创作的整体风貌，另加入了 2015 年、2018 年、2019 年和 2020 年的部分作品。

诗歌的珍贵在于它一直向人呈现或打开某种可能，而不是一个标准答案。一个笨拙的人因为诗歌而变得丰富，走在这样的路上，切身体会到精神生命的种种赐福，这样已经足够。

谨以此诗集献给习诗路上所有给予我鼓励和帮助的朋友；献给我的家人，没有他们的支持我难以拥有这样丰富的精神空间；献给一直带给我真切感受的门头沟的山水和人物，他们让我认识自己和世界，并成为我诗歌写作源源不竭的源泉。

伽蓝

2020 年 8 月 4 日

图书在版编目（CIP）数据

磨镜记 / 伽蓝著. — 上海：上海教育出版社，2021.11
（白鲸文丛）
ISBN 978-7-5720-0956-3

Ⅰ. ①磨… Ⅱ. ①伽… Ⅲ. ①诗集－中国－当代 Ⅳ. ①I227

中国版本图书馆CIP数据核字(2021)第216207号

责任编辑　曹婷婷　朱宇清
书籍设计　陆　弦

白鲸文丛
磨镜记
伽　蓝　著

出版发行　上海教育出版社有限公司
官　　网　www.seph.com.cn
地　　址　上海市闵行区号景路159弄C座
邮　　编　201101
印　　刷　上海普顺印刷包装有限公司
开　　本　787×1092　1/32　印张 11.75　插页 4
字　　数　174 千字
版　　次　2021年11月第1版
印　　次　2021年11月第1次印刷
书　　号　ISBN 978-7-5720-0956-3/I·0090
定　　价　69.80 元

如发现质量问题，读者可向本社调换　电话：021-64373213